阅美 文化

阅读阅美，生活更美

女性生活时尚第一阅读品牌

□ **宁静** □ **丰富** □ **独立** □ **光彩照人** □ **慢养育**

[美]凯瑟琳·詹金斯 著
冯常娜 译

越爱越自由

love

漓江出版社

献给我的丈夫——这位一直听从自己内心的声音，并通过这种方式，帮助我拾起勇气的人。

目录 Contents

自　序

这本书的原书名是 *Lessons from the monk I married*（僧侣丈夫教我的事），但在阅读时，你可能会注意到，更准确的说法应该是“我从与曾是僧人的丈夫一起的经历中学到的事”。

但是，我不会改变标题。首先，这个“更准确的说法”听起来不够真实。其次，我选择此标题作为书名，有一个非常清楚的原因，你会在下面几页中找到答案。最后，我的博客也是这个名字，如今已有相当大的读者群。

当我开始寻找内心的宁静与人生目标时，我以为可以从励志书籍或者周日报纸的星座版块中找到答案。当然，它们的确对我有所帮助，我也非常感谢从各种来源中获得的所有智慧，但我必须把这些智慧变成自己的智慧。如果要说我从僧侣丈夫身上学到的最重要的一课，那就是：我必须走自己的路，通过自己的经历获得自己的智慧。

我花了很长时间才意识到这一点。起初，我一直以为智慧来自其他地方，或者其他人。甚至在计划写这本书的时候，我仍然以为，所有我学到的都来自我的丈夫。只有在提笔写书的过程中，回首来时路，我才清楚地意识到，我所得到的经验教训实际上来自我自己的经历，而我在生命旅途中遇到的人和事，只不过是一面镜子，通过这面镜子，我可以更清楚地看到自己。

我还发现，人们很容易屈服于约定俗成的法则，甚至不自知。当然，我并不提倡人们破坏国家制定的法规。我只是想说：多思考，自己判断生活中的对与错。

这并不意味着你不能从他人那里获得灵感。如果没有灵感，我们的生活会变成怎样啊！来自他人的灵感，往往可以促使我们采取行动，最后让我们倾听内心平和而又不间断的声音，它们一直想吸引我们的注意。

是的，我相信我们可以从他人那里获得灵感，甚至可以从他人身上学到很多。但是，如果可以足够勇敢地面对自己，我们会发现，“你就是你一直在找的人”这句格言是真的。至少我的经验是如此。

我按照印度葛印卡老师的内观冥想法练习了超过15年。他在课堂上总是这样提醒冥想者：

“要想见证终极真相，你必须揭开表面的帷幕。直接经验是必需的。”

他还说，终极真相是“你亲自经验的真相”，不是其他人体验的真相。尽管如此，仍然会有人完全忽略这一点，他们迫使你相信，他们的法则是国法。这正是灵性丢失，被宗教或教条约束的结果。

因此，我不希望你们把这本书中的经验当作“国法”。这些只是我在自己的生命旅途中学到的事。这是我的故事，我与你们分享，是因为在这一路上，我从他人那里获得了很多灵感。通过分享我的故事，我希望你们能够受到启发，从而找到自己的真理、宁静、灵感、爱等。我们是谁，我们要做什么，我们如何生活，或许答案各不相同，但是，大多数人一直寻找的宁静、爱与目标感，最终都是一样的。

尽管通向山顶的道路有无数条，但是，只要我们愿意坚持下去，排除沿途可能遇到的一切困难，最终都能够欣赏到美景。

当你登上内心的顶峰时，无论哪条道路适合你，我都愿意倾听你的故事。

作者按语

虽然这是一部非虚构的小说，但是其中大部分的人名以及标志性特征已被我更改，除了我的家人（因为我发现很难伪装他们，毕竟，我的母亲就是我的母亲）和我最好的朋友莉娜（我也很难伪装我最好的朋友），她同意以原名出现在本书中。在前半本书当中，我的丈夫李晟允（Seong Yoon Lee），用的是 Su Nim（韩语意思是“和尚”）这个名字。他离开寺院以后，用回本名。本书第五课的故事场景是日本仙台市，我曾经在那里生活过两年。2011 年 3 月 21 日，它遭遇了一场毁灭性的地震与海啸。我深深地同情遭遇这场灾难的人们，特别是我亲爱的朋友和学生。

爱没有东西之分，

爱没有男女之分，

爱超越我们的想象力和固有思维，

爱是万物之源，

爱是我们的原点……我不知道……你知道吗？

爱，爱……什么是爱？

——我的丈夫李晟允（Seong Yoon Lee）

第一课：

放下期待

如实，而非如你期望的样子。

——葛印卡

“我们去打保龄球吧！”和尚双手一拍，大声喊道。响亮的声音突然打破了寂静。我把手中的金属筷子放进面碗，望向我的朋友贝基，她的眼睛已睁到硬币那么大。我设法强作欢颜，说道：“好吧，这个主意听起来……不错。”

我和贝基来到韩国教英语已有半年之久。在这段时间里，我们当然会分享一些有趣的经历，但是，没有什么事情比得上这个特别的下午。

那是1996年3月的一个下午，面馆的窗外，河边的树木刚刚发芽。我们坐在地暖地板上的矮木桌旁，一边听和尚讲述他最近在泰国和印度的朝圣之行，一边努力练习嚼食面条的技巧。

一周前，Su Nim（韩语直译为“和尚”）出现在贝基的自由会话课堂上。贝基对这个和尚的出现十分好奇，忍不住向他提出了一连串的问题。最后，Su Nim说：“你好像对和尚的生活很感兴趣，你愿意与我共进午餐吗？”他似乎在邀请她出去约会。

当贝基把这件事告诉我时，她问道：“这难道不是不允许的吗？”我不清楚，但我知道的是，我不想错过这次奇遇。于是，我主动提出与她做伴，并对她说，如果有三个人在场，应该不算是禁忌。

见面前好几天，我都充满期待。我不敢相信自己的好运：很快，我将和一个真正的僧侣在一起。以前我一直不清楚自己为什么要来韩国，而现在，一切变得清晰起来。

但是，如果要我解释为何如此期待与一个和尚见面，却要从更早的时候说起。

去韩国之前，我一直在寻找内心的宁静。

在社区学院上冥想课时，我曾找到过一些心灵的慰藉。在西雅图一家高档健身俱乐部工作时，我给那些穿着白袍的有钱人发放完毛巾和储物柜钥匙，就利用节省下来的时间读书，我也曾在这些书中找到过一些心灵的慰藉。我尽量消失在柜台后面，这样就可以让自己变得安定、平和，让自己完全沉浸在那些伟大的著作中，例如日本僧侣铃木俊隆的《禅者的初心》。我记得他曾说过：“**禅并不是什么令人兴奋的东西，而只是专注于每天的日常生活。**”

哎！可我实在难以专注于自己的日常生活，甚至包括那些令人兴奋的工作，比如补充淋浴间的洗发水，或者补充浴室架子上的干净毛巾。我不得不离开。

一天，我正在看书，思考该如何逃离现状。这时，俱乐部的救生员走到我身旁，她告诉我，她就要离开了。

“晚安。”我回答。我的目光早已落回到书页上。

“不，我的意思是，我真的要离开了。”她说，“我下周要去韩国。我男朋友在那儿找了一份工作。我想，这才是我要的生活。”说完，她走了，留我独自一人在俱乐部。我忽然发现自己比从前更孤单。俱乐部里除了辉煌的灯火，只剩下可怕的安静。我呆坐在办公桌前，想同她一起离开，但是已经太迟了。

那天夜晚，在去公共汽车站的路上，“韩国”总在我的脑海里挥之不去。我坐公共汽车时想着它，回家时想着它，就连躺在床上，睁大眼睛盯着天花板时，也想着它。它令我夜不能寐，寝食难安。关于韩国这个地方，我了解得并不多，但我对它始终有一种无法忘怀的熟悉感。我对它说：“我们见过吗？”它微笑着，礼貌地摇了摇头，消失在人群中。

那年夏末，我辞掉健身俱乐部的工作，与我的母亲进行了一趟穿越美国的公路旅行。为了帮助自己寻找内心的宁静，我继续阅读一切可得到的信息：从禅宗思想开始，到美国的超验主义，其中包括梭罗的《瓦尔登湖》。因为这部作品，我还顺路去了一趟瓦尔登湖。

三个月的公路旅行之后，我母亲打算回家。但我不想跟她回家，不想住在家里。我已经大学毕业三年了，我需要一种不一样的生活，而且越快越好。因此，我与大学时的男友去了华盛顿州的塔科马市。我在 K-12 基督教学校找到了一份助教的工作。我不知道如何把佛学与之前读过的超验主义思想和我所做的工作融合在一起，但此时此刻，我不能太挑剔。

一天下午，当我正在擦拭餐桌，从地上拾起吃剩的食物残渣时，我的脑海忽然冒出一个念头：这是我要的生活吗？我的大学同学多半都已经安居乐业，结婚生子，我是不是也该安定下来了？

安定。

这个词让我胆怯。那种生活对我来说，太绝对、太无聊了。可我目前的工作和生活状态同样不适合我。

然而，随着时间的流逝，我似乎正在安定下来。直到某天晚上，在我和男友开车去吃饭的路上，我们共同的朋友迈克宣布："我要去韩国教英语。"

我张大嘴巴，做出了"什么"的口型。突然间，我说不出话来。

迈克继续说道："嗯，你是知道的，布莱恩在那边。在他工作的学校，刚好有几个教学职位空缺。"

我开口说话了："啊，你能告诉他，我也很感兴趣吗？"

男友用余光瞟了我一眼，似乎在想："噢，太好了，她又要走了。"

随后，他们的话题转移到了别的东西上。我无心关注他们在谈论什么，我只是盯着窗外，思绪又一次迷失在"韩国"。那天晚上，我大部分时间都在发呆，男友也察觉到了我内心的蠢蠢欲动。他知道，我在这里生活得并不快乐，用不了多久，我将再次离开。

离开，已经成了我的习惯。在大三的时候，我离开他，到西班牙留学。毕业后，我只身前往墨西哥教英语。在墨西哥，我攒够了钱，一个人去了秘鲁和玻利维亚。在旅行的过程中，我对于安定的想法总是被更大、更深奥的问题取代。例如："我要结婚吗？"这个问题会演变成："我为何在这个星球上生活？"或许因为旅途中少了很多社会压力，才让我有空思考这些更深奥的问题。无论如何，我都想离开。

在我离开前往世界各地的这段时间里，我与男友从未分手。但是，或许我们应该分手。每次我回到家，我们总是想尽各种方法让一切回归原位。可我知道，我还是伤害了他，因为我无法选择停留，无法给他承诺。事实上，我发现自己很难对任何事物做出承诺，包括我的人生方向。然而，在旅行的路上，我不需要方向。我每天都可以自由地选择不同的方向。每到一个新的地方，每当机会来临时，我都会让自己充分体验和探索那里的乡土文化，包括人际关系。

几天后，布莱恩给我打电话，告诉我工作的细节。我不清楚自己是否真的听到他在说什么，但在谈话的最后，我听他问："那么，你是否想得到这份工作？"

"是的。"我不假思索，脱口而出。我已无法控制自己的思想：我要离开，那才是我要的生活。

1995 年 8 月，当我第一次登上前往韩国的飞机时，我只有 25 岁。我仍然对一切事物充满好奇，想去了解，想去体验，想去观察。无论是外面的世界，还是自己的内心世界，我都想到达最远的地方。我想要充分探索并回答那些更深奥的问题：我是谁？我为何在这里？

我的人生目标是什么？在飞机上，一种难以言状的浩渺感油然而生。我仿佛融入了周围这片无边无际的天空，仿佛超越了时间与空间。我感受到万物与充实，也感受到虚无与空洞。

当飞机降落时，虽然我看不见下面的风景，但是，在我的想象中，地面上或许满是华丽的寺庙，一群友好的人正在骑着有车篓、有铃铛的脚踏车。我预感自己将要体验一些奇妙的事情。

然而，在那个闷热的8月，当我抵达韩国东南部浦项市，东海附近的一个乡下机场时，我所有的期望都破灭了。

迈克在几周前就已经到了，因此，他和他的女朋友凯伦，还有布莱恩一起，到机场接我。取到行李后，我们搭乘了一辆开往庆州市的公共汽车，向北大约一小时的车程。一路上，我始终盯着窗外，却没有看到一辆脚踏车，或者一座寺庙。

在前往目的地途中，我所看到的是：许多汽车无视交通标志任意穿行于街头；公路的两旁，混凝土建筑多如牛毛，而树木寥寥无几。与我的家园常绿州（美国华盛顿州）相比，一切都显得如此贫瘠。

下车后，朋友们把我安顿在一间古老的建筑里，他们则住在别的地方。我察看了一下这里的居住环境。窗户上有栅栏，但走廊前面的公共厕所坏掉了。（这真是一件麻烦的事情，因为当时我有严重的腹泻症状，或许是到了韩国以后太过紧张与兴奋所致。）我坐在马桶上，一边思考该如何冲马桶，一边观察在混凝土地面上匆匆爬行的蟑螂。然后我明白了，地板上放置的水桶起何作用。除了坏掉的厕所以外，房间里也没有空调或风扇，所以那一夜，我根本没睡着。好几个小时，我都满身大汗地盯着天花板，想知道自己究竟来这里做什么。

在接下来的几周，学校安排我从那个监牢般的单人房，搬到一个“情侣旅馆”。与之前的居住环境相比，我不确定这到底是好还是坏。新房间比之前大很多，有独立的浴室，但情况并不理想。首先，我将住在一家旅馆。其次，这家旅馆比一般的假日酒店更靠近“红灯区”。

虽然我想过韩国可能是情色的，但目前这种状况实非我所想象。与现在住的旅馆相比，我宁愿选择之前住的单人房。旅馆的厕所虽然没有坏掉，但是在手纸架上，清楚地张贴着预防艾滋病的警告，以此告诫住在地下室里的老顾客，深夜与身边女子唱卡拉 OK 的危险。我料想，其他空房间或许是为客人提供诸如此类的方便。但值得庆幸的是，我从来没有被楼上客人的任何奇怪声音所打扰。

学校让老师们搬到新的地方，是因为这里的租金很便宜，但这确实不是我期待的生存状态。来韩国之前，我曾想象自己会被安置在一个寺庙般的住所，那里有倾斜的屋顶和极薄的推拉门。我可以睡在地板上，旁边有一个温暖的小炉子，让我在寒冷的夜里烧水喝茶。我可以在夏天听到蟋蟀和蝉的鸣叫，在冬天看到窗外飘落的片片雪花。

现实是，我不仅没有炉子，甚至没有厨房。在整整一年的时间里，我每天都在外面吃。我所听到的，不是大自然的声音，而是卡拉 OK 的音乐和韩国商人的酒醉呓语。直到秋风萧瑟时，我还是未能把这里当作自己的家，但我已勉强学会接受现状。

幸运的是，贝基来了。

贝基和我一样，她受聘于庆州市中心附近的 Sisa 外国语学院，在那里教英语。命运让我们走到一起，因为除了我以外，她是唯一一个生活在这栋楼里的异国女子。为了在新环境中更好地生存下去，我们很快建立起友谊。

无论从地理、生理或心理上来说，贝基与我都是截然相反的两个人。她来自加拿大东北部的哈利法克斯市；我来自美国西海岸，成长在华盛顿州的贝尔维尤市。她有金棕色的头发，深褐色的眼睛，还有酒窝；我有蓝色的眼睛，深褐色的头发，还有雀斑。每当紧张不安时（经常如此，特别是第一次到来时），贝基会以微笑带过；而我在新的环境中，往往依靠直觉，喜欢沉思。

尽管我与贝基是如此不同的两个人，但我们拥有一个共同点：幽默感。

“呃，你知道我的房间里为什么没有窗户吗？”她问我。她刚刚到来，显然被眼前的新环境吓了一跳。她缩在床角，双手抱膝，行李箱摊开在地板上。

“我想，你挑了一个有缺陷的房间。”我回答说。

她看着我，笑了起来：“我究竟来这里做什么？！”

就在那一刻，我知道我们一定会成为朋友。因为在我来韩国的第一天夜里，以及之后的每一天夜里，我都问过自己同样的问题。

她把从加拿大带来送给同事的礼物拿给我看，有果酱、加拿大风景年历，还有其他一些小饰品。我也把我所知的，有关韩国与那所学校的情况，告诉了她。

从那时起，贝基便陪我经历了很多有趣的事情，其中包括第一次与和尚的约会。

贝基的房间就在走廊前面，离我很近。因此，我随时都可以找她聊天，彼此分享每日的见闻。很多时候，幽默感都可以帮助我们化解文化冲击带来的一些窘境，比如另一名异国女子搬进来的那天。

“你在哪里教书？”我问新来的成员，满心期待日后可以三人一起闲聊各自的生活。

“哦，我不是教师。”她微笑着回答。她操着浓重的外国口音，我一时没听明白。

“你不是教师？”我问道，一边望向贝基。

“不是，我是一名舞女。我在这里只住几周，挣一点钱就搬走。”

我和贝基尴尬万分，不知该不该继续提问，于是，我们借口吃午饭离开了。女子几乎没有注意到我们的离去，她似乎并不想在这段短暂停留的时间里交朋友。

吃饭的时候，我对贝基说："也许学校真的是雇用我们当舞女，不然怎会安排我们住在情侣旅馆呢？"

贝基哈哈大笑，差点被嘴里的食物噎着。后来，她让我保证，以后不会在吃东西的时候讲笑话。

所以，我初到韩国的状况是，两个英语老师生活在脱衣舞女及她们的顾客周围。值得庆幸的是，从来没有人打扰过我们。因此，我们继续过自己的生活。我们步行去学校，外出吃饭，周末参观城市周边的历史古迹。我很高兴真的可以在韩国找到想象中的华丽寺庙，但它并不是梦想中友好的人们骑着脚踏车的国度。

我开始渐渐适应在韩国的生活，然而，并没有什么惊天动地的事情发生。起初，我受到各种心理暗示的指引来到这里，以为可以在内心深处寻找到一些新的东西，但我越来越失望。就在此时，事情突然有了转机。

这就是为何我来到韩国 7 个月后，如此期待与一名真正的和尚共进午餐的原因。我可以肯定，在那个下午，在与贝基、和尚共进午餐之后，我心中所有那些悬而未决的问题，最终一定能够得到解答，包括我为何来到韩国，如何才能找到自己毕生追求的内心的宁静。

只是没想到的是，我会去保龄球馆寻找内心的宁静。更没想到的是，初次与一名僧侣共处，竟然会穿上俗气的鞋子，比较球的尺寸。不！我原本希望在那个下午，我们可以观看和尚诵经、跪拜、敲木鱼。或者，我们可以参加茶道，安静地跪坐几个小时。甚至，我还可以跟他学习如何冥想。

然而此时，我们正跟随 Su Nim 穿过狭窄的街道，前往市区的保龄球馆。一路上，我忐忑不安。我想知道，在与和尚打保龄球的时候，是否应该遵守某种礼仪呢？不，这太荒唐了。怎么可能有这种礼仪呢？谁会与和尚打保龄球？

到了保龄球馆，Su Nim 脱下灰色长袍，露出里面的 T 恤和一件极其特别的灰白拼接背心。那是一件由不同颜色、不同质地的韩国手染布料缝合而成的背心。当他坐下换鞋时，我还在盯着他的衣服看。

“我曾经是保龄球队的队员，”他一脸孩子气地微笑道，“那时我有自己的保龄球鞋。”

他曾经是保龄球队的队员？那我们怎么办？对于保龄球这项运动，我既不擅长，也不喜欢。我朝贝基瞥了一眼，想知道她对这一切的看法。她只是扬了扬眉，然后耸了耸肩，好像在说：“顺其自然。”于是，我照做了。我向后摆动手臂，投出手中的球，看着它径直滚进球道。我一脸尴尬，想要尽快回到长椅上，等待下一位投球手进场，希望没有人评论我刚才的糟糕表现。

我正打算消失时，Su Nim 再次出现了。他穿着灰色裤子、拼接背心、白色T恤，沿着球道跑了过来。他的光头和胸前的保龄球一样闪闪发亮。除了这些不寻常的打扮以外，他看上去像是一名职业投球手。那天下午，他击倒了很多球瓶，并且时不时地高喊着："噢，棒极了！"每次击倒球瓶的时候，他都会握紧拳头向下挥舞，就像摇滚明星的习惯动作。然后，他会跑到我和贝基身边，跟我们每人击一下掌。

在每一局比赛中，他都会与我们击掌。

离开保龄球馆，Su Nim提议去市中心的一家茶馆。我想：这一刻终于来临了。我原本还在担心，第一次与和尚共处的经历，会不会从保龄球馆开始，也在那里结束。在去茶馆的路上，我们得知，Su Nim住在茶馆楼上的寺庙里，他的房间就在禅室隔壁。每天清晨，城里的人们会在禅室里聚集，然后由Su Nim给他们上冥想课。看来，他所说的茶楼不仅仅是茶楼，也是他居住和工作的地方。事情正在逐渐好转。

当我们到达茶楼时，一种平静感顿时扑面而来。Su Nim邀请我们坐在木桌旁边的木凳上。我们一边品尝瓷杯里的绿茶，一边聆听空中飘扬的传统音乐。我想：这还差不多。

几盏茶之后，Su Nim忽然记起他的书落在保龄球馆。由于保龄球馆就在情侣旅馆附近，我便主动提出帮他取回那本书。经历漫长的一天，贝基疲惫不堪，于是她先回家了，我独自一人去保龄球馆。在球道附近的长椅上，我发现了那本书。令我惊讶的是，它不是一本我想象中的佛教经典，而是奥修的《超越的修行》。

奥修？他不是那位拥有劳斯莱斯车队，鼓吹“自由性爱”，在俄勒冈州建立公社的宗教大师巴关·希瑞·罗杰尼希吗？

我简直不敢相信，和尚竟然会读这种备受争议之人的书。我越是去想，越是觉得 Su Nim 颠覆了和尚的传统形象。很显然，他是一名与众不同的和尚。

回去的路上，我回顾起当天发生的事情，却发现心中的疑问比得到的答案更多。我告诉自己，一定不会被好奇心打败，一定不会去窥探，到家以后也一定不要翻开那本书，就让它安静地躺在我的手提包里，直到第二天将它还给和尚。然而，这一切并未发生。因为，我想知道更多。

旅馆门口的巨幅霓虹灯广告牌，如同 7 月 4 日（美国独立纪念日）的烟火，照亮了一大片天空。停车场里依然充斥着不和谐的卡拉 OK 音乐。大厅内，老板坐在前台，依然专注地将头埋在报纸里。我爬上三楼，镇定自若地穿过幽闭的走廊。我好不容易习惯了的生活又变得陌生起来。我打开房门，脱掉鞋子，坐到床沿，然后把手提包放在大腿上，等待神的干预。我希望它能告诉我，我该做什么。

神并没有出现。

我从包里取出那本书，捧在手里，然后翻开。首先映入眼帘的是一张黄色的纸。应该是 Su Nim 夹进去的，上面写着一句英文：

放轻松，一切都很好。

我注意到的第二件事情是，他在某些段落下面画了横线。

只有实实在在地参与进去，你才能找到方法。方法不能从外部获取，你必须成为参与者……冥想是发生在内心深处的事情，通过间接观察和任何客观知识是学不会的。

这些段落让我对苦苦追寻的东西有了一个初步的认识。过去，我如此在意他人对我的看法，并试图迎合他人的期望。我希望通过此次韩国之旅，能够在自身扮演的社会角色以外，更加全面地了解自己。

然而，即使在这个远离家人和朋友的新环境，我依然活在过高的期望中——对自己和他人的期待。我依然按照世俗的眼光评判自己的人生。我已经和内心最真实的想法渐行渐远，也不知道该如何从积极的角度看待自己的生活。

Su Nim 的出现，既让我感到困惑，又为之着迷。困惑的是，他并不符合我想象中的和尚形象。着迷的是，他显然并不在意别人对他的看法。

我明白，在全面了解自己之前，我仍然有很长的一段路要走。我更明白，与和尚外出的那个下午，无疑是向前迈出了正确的一步。因为，他正是了解自己内在的那种人。在过去的日子里，我一直尝试通过冥想了解自己的内在，最终还是一无所获。

第二天，当我在语言学院再次见到 Su Nim 时，我提出想参加茶馆楼上那座寺庙里的冥想课程。

他回答道:“我先问问住持，过两天答复你。”

我等了两天，没收到任何回复。我开始感到有些沮丧，仿佛自己不太适合这些冥想课程。终于，在上英语课之前的一天下午，他对我说:“凯瑟琳，如果你想在寺庙里学习冥想课程，我们欢迎你。恭喜！”

恭喜？这不是我预期的回答。不过，无论是 Su Nim 还是韩国，他们都不曾在我的预料之中。

在接下来的几个月里，我每天凌晨 3 点半无力地醒来，骑着脚踏车穿过城市的街道，与嘶吼的醉汉擦身而过，一路跌跌撞撞地去寺庙里。我努力让自己保持稳定和清醒，想知道自己每天在这个点骑脚踏车穿过城市到底为了什么。我疯了吗？

然而，每当到达茶馆楼上的寺庙时，我就会忘记途中的那些想法与感受。我喜欢那里的平静，喜欢那里的熏香气味。当我进入冥想大厅的那一刻，它们都在迎接我。

三次钟声之后，Su Nim 带领我们开始各项仪式。接着，他一边敲木鱼、跪拜，一边吟诵佛经。诵经完毕，我们冥想 50 分钟，绕圈走 10 分钟，然后再次冥想 50 分钟。

虽然我喜欢寺庙的氛围，但冥想对我来说十分困难。再说，每天凌晨就开始打坐，还空着肚子。我很害怕咕咕叫的肚子会打扰其他冥想者。这些韩国人与我不一样，他们纹丝不动地盘坐在那里，似乎完全沉浸于冥想的极乐状态。

关于冥想，Su Nim 只是让我们背部和颈部保持挺直，眼睛保持半睁，除此之外，他从未给予我们任何指示。我一直以为，我会看到一束神圣的光，或者一个天使什么的。但是，取下眼镜，我只能看到一些模糊的形状。我也想感受其他人似乎正在经历的极乐状态，但我唯一能感受到的就是，饥肠辘辘的肚子和疼痛的膝盖。

在最初几周，贝基也加入到我的行列。由于我们对冥想都知之甚少，我们总是有很多问题请教 Su Nim。幸运的是，Su Nim 很有耐心。一天下课后，我问他："当思潮涌现时，我们该怎样做？"他看着我和贝基，说道："**人的思想如同徜徉在大海中的鱼儿，你们应该放任它自由。海洋远比你们的思想广阔。**"

后来，我问贝基对于冥想课程有什么样的想法。她疲惫地说："我想，我的鱼儿都死掉了，漂浮在海面上。"

我笑着祝贺她，开玩笑地说，如果她的鱼儿都死掉了，那么也意味着她的思想已经死亡。难道不是这样吗？她只是困惑地看着我，脸上没有一丝笑容。那是贝基最后一次参加清晨的冥想课。

我不得不承认一点：这些课程也让我有些精神错乱。在我的语言课上，我同样感觉疲惫，但是无论如何，我都会试着坚持下去。至于冥想课程，我仍然心存疑问。这些疑问如此之多，以至于我当面询问 Su Nim 时，会感觉不自在。所以，我决定把它们写下来。

“你能告诉我，在冥想时应该做什么吗？”

“我是否应该安静地坐在那里，并观察自己的内心？”

“我是否应该专注于一个目标？”

“我是否应该专注于呼吸？”

“当思潮涌现时，你会怎么做？”

“你有什么特别的经验吗？或者你只是坐着并感受？”

一天，下课后，当 Su Nim 正准备下楼梯时，我从口袋里掏出纸条，交到他手中。他露出亲切而温暖的笑容，从我的手里接过纸条，然后转身离开了。

两天后，Su Nim 递给我一张折叠的纸条，里面包含我最初的提问，以及他在下方用工整的笔迹做出的回答。

“韩国的传统冥想方式与西方不同。有些人可能会建议你专注于一个目标，或者专注于呼吸，等等。但是，如果想获得真正的灵性发展，你需要做三件事。首先，你要有伟大的信仰：你信佛；其次，你必须质疑：我是什么？或者：这是什么？第三，你需要全神贯注。”

在很长的一段时间里，我都没能完全理解他的话，但我没有放弃冥想。我继续在每天凌晨醒来，去学习那些课程。日复一日，我骑着脚踏车跌跌撞撞地穿过黑暗，通向烛光摇曳的冥想大厅。我坐在那里，经历内心的痛苦、不安、烦躁、无聊。

然后，一天早上，发生了一件事情。

我开始感受到真实的自我。我能够放下期待，忘记原本以为可以感受到的东西，只是静静地感受自己的内心。

那天课后，我注意到，我并没有迷失于以往的阴霾里。当我骑着脚踏车回家时，我感觉血管里的血液正在沸腾。太阳在地平线上冉冉升起，一束温暖的光芒穿过天空，投射在我的脸上。我感到一种前所未有的愉悦与平静。

我向 Su Nim 询问了这些体验。不料，他直截了当地告诉我说："不要太在意。"

现在，我真的困惑了。我想证实自己终于取得了一些成绩，我期待得到更多诸如此类的肯定："干得好！加油！"

"一切都变了，"Su Nim 继续说，"**你要学会接受事物的本来面貌，并且时刻保持清醒的意识，这样才能学会冥想。**"

他的一番话宛如醍醐灌顶，让我清楚地认识到了之前未能体会、现在了然于心的道理：世事瞬息万变，没有什么能亘古不变。

我曾期望生活应当如何，韩国应当如何，和尚应当如何，我应当如何，但是，所有这些期望都只是期望。它们并非现实，因为现实每一刻都在不断地变化当中。

我想紧紧把握住这个新的意识。我想把它放进我的口袋，无论去哪里都带着它。然而，正如其他一切事物，它是短暂的，只有在不经意的时候，它才会出现。而我唯一能做的，就是接受事物的本来面貌。这将永远是一个挑战。

第二课：

世上没有无意义的巧合

当时机成熟，我们自然会见到该见的人。

——李晟允（Seong Yoon Lee）

五个月前，在我还未认识 Su Nim 时，我坐在情侣旅馆的床上，翻阅《孤单星球》的韩国旅行指南。突然，我注意到 240 页右上方的标题：松广寺[1]。

根据指南里的介绍得知，它是一个著名的僧侣修行地。在此修行的不仅有来自韩国的僧侣，也有来自其他国家的僧侣。标题下方有两行描述，其中，“三宝”这个词语吸引了我的目光。利用有限的知识，我意识到，这一定是“佛教三宝”的另一个名称，其中包括佛宝（已成就圆满佛道的一切诸佛）、法宝（诸佛的教法）、僧宝（依诸佛教法如实修行的僧团）。事实证明，我的判断是正确的：松广寺是韩国的三个“宝”寺之一，它代表韩国的僧团。

我刚到韩国不久，从未见过修行的佛教徒，更不必说僧侣了。但是，我多么想见到僧团的和尚！如果不去松广寺，我又能在哪里见到呢？我把我的计划告诉贝基。

“松广寺？”她“扑通”一声倒在我的床上，继续说道，“在哪儿？”

1 松广寺，韩国著名寺庙，位于韩国全罗南道顺天市，是曹溪宗的发祥地。

我把旅行指南里的地图和照片拿给她看。

她总结："我不了解，它看起来好遥远。"

"我知道很远，"我合上书，望着窗外说，"但我就是有这种感觉，我必须去那里。"然而，我并不确定是否单独前往。贝基是对的，它真的太远了，而且对于我来说，韩国依然如此陌生。但是，我的好奇心仍旧占了上风。

10 月初的一个星期五下午，下班后，我径直回到旅馆。我做了决定。我要去松广寺，我不在乎它是否遥远，也不在乎周末的大部分时间将要浪费在旅途上。以往，每到星期五晚上 9 点左右，我都会跟同事们在外面吃饭、打台球、喝酒或者唱卡拉 OK，但是这次没有。我把衣服、化妆品和钱通通塞进背包，放在门边。

第二天早上，我 5 点醒来，拎起背包，在寒冷的清晨走到车站。车站里，一群韩国大婶蹲坐在公共汽车旁，售卖煮沸的桑蚕幼虫、橘子和罐装饮料。当我穿过拥挤的人群，来到售票柜台时，这才想起要买些食物。我太紧张这趟旅程了，完全忘了会饿这回事。

我的韩语说得不好，而且，这是我第一次在庆州市外单独旅行，因此，我很担心自己是否能够顺利完成所有的换乘过程，甚至是否能够搭乘对的车辆。在售票柜台，我迟疑地说出"釜山"——我停留的第一站，希望售票员能听懂我的发音。从庆州出发，我要转 3 趟车历经 6 个小时，才能到达目的地。

将近下午 2 点，我终于到达寺庙。这些寺庙的屋顶是倾斜的，上面铺满了深灰色的石瓦。它们看起来就像盔甲，保护里面的一切。寺庙的庭院背后是层峦叠嶂的山脉。在茂密的树林里，有几棵枫树夹杂于松树之间，金色的枫叶与绿色的松针形成了鲜明的对比。寺庙前面是一条蜿蜒的碎石路。这条路上没有生长任何植物，就像一个虚无的空间。

这种虚无感令我毛骨悚然。这是一个美丽的地方，但感觉更像是一座鬼城。

僧侣们在哪里？

游客们在哪里？

为佛像除尘的人在哪里？

我脱掉鞋子，走进其中一座庙堂。墙壁对面，有一尊巨大的金色佛像。空气中，弥漫着熏香的气味。天花板上，有青绿色、棕色、红色、黄色的圆形和几何形图案装饰。墙壁上，悬挂着一些描述佛陀生活的图画。佛像正前方，一张宽大的红色垫子铺在深色的木地板上。垫子前面的桌子上，摆放着一本佛经和一个木鱼。

我在门口拿了一个丝绸坐垫，将其放到地板上，然后双手合十，弯腰，屈膝，俯身，磕头。完成一系列动作以后，我缓慢地站起来，再把这个过程重复两遍。然后，我闭上眼睛，安静地坐了几分钟。一阵微风从侧门吹进来，风铃发出悦耳的旋律，像是对我诉说，呼唤我体验外面的世界。

我站起身来，退出，在庭院里闲逛一会儿，拍了几张照片，然后沿着通往河畔的碎石路，走进树林深处。周围的河水涌动不息，令我几乎听不见其他声音。在沿途的每一个拐角处，我都希望能看见寺庙住持坐在河畔或是一位睿智的老和尚，准备告诉我所有问题的答案。（其中最重要的问题是：我为何来到这座寺庙？起初我为何来到韩国？我想，那些虔心修行佛法的人，或许比我本人更了解自己为何去那里。）

然而，我并未遇到这种灵魂人物。

离开之前，我在正殿拍下最后一张照片。我站在其他几位游客中间，抬起相机，透过镜头，寻找画面。正在此时，一行穿着灰色长袍、系着棕色腰带的和尚从大门经过。他们排成纵队，匀速前进，甚至保持着同等的间距与同等的步伐。他们的队伍缓缓迈向另一座建筑，和尚们用手或袖子遮住脸，无意与任何旁观者进行目光接触。我把镜头聚焦在这行队伍，迅速按下快门。随后，我便返回车站。

回到庆州，关于松广寺的旅行记忆几乎瞬间消退。周一上午，我早早起床，洗了澡，吃了早餐。出门时，我敲了敲贝基的房门，希望和她一起步行去学校，但她已经离开了。也许上个周末，她也不在。我像往常一样，步履匆匆。因为在 9 点钟上课之前，我还需要复印一些文件。

贝基一看见我，便大踏步走到复印机前。“那么，松广寺到底如何？”

“还行，”我咕哝道，“和其他寺庙差不多。”

我与 Su Nim 在保龄球馆相识一个月后，开始定期见面喝茶。见面时，我们经常讨论我心中的疑问。其中最重要的是，我希望能够在韩国期间找到所有问题的答案。我很想通过佛教的观点得到解答，他也很高兴能对我有所帮助。由于庆州有很多茶馆，我们每次外出都会选择不同的地点。没过多久，我们几乎访遍了所有茶馆。

我喜欢的一家茶馆是错层式建筑。在一楼，有桌子、椅子、厨房和一个接待区。在楼上，顾客可以围着矮木桌坐在榻榻米上，享受更多的私密空间。一天，我们回到这个茶馆，爬上二楼。房间是空的。我们每人在角落里拿了一个色彩鲜艳的垫子，放到地板上。当我们正要坐下时，服务员来到楼上，请我们点单。

Su Nim 说：“我们喝绿茶。”

然后，服务员下了楼。我们单独相处。

Su Nim 掀起厚厚的灰色长袍坐下来。我坐在对面。他双手交叉放在桌子上，然后面带微笑地注视着我。我们沉默相对。

大约一分钟后，我从背包里拿出一本相册。我猜想，对于我首次参观韩国寺庙拍的照片，他一定会感兴趣。或许，他可以从佛教的角度更清楚地认识松广寺的重要性。又或许，他可以解释为何这个地方如此吸引我。也许松广寺有一些超自然的力量，才会吸引来自世界各地的游客。我曾听说，欧洲和中东的人们会步行一周，到圣地朝圣。所以，我认为，韩国一定也有这种地方。

我把相册放在桌子上，递给他：“这是我10月初参观松广寺拍下的照片。”

他的目光微微闪烁，然后看着我，仿佛在回忆一些事情，又似乎有些吃惊。他慢慢打开相册的封面，低头看了看前面几张照片，翻页之前停顿了一会儿。然后，他又看了看我，露出一丝微笑。翻到第三页的时候，他只是安静地坐在那里，盯着照片看了很长时间。

我搞不明白，第三页只是一些寺庙建筑群和周围庭院的照片，并无任何有趣的地方。于是，我凑近身子，想知道他到底盯着哪张照片看了这么久。原来，那是我离开之前拍的最后一张照片——和尚队伍从寺庙门口走出来。

他指着队伍，说：“那是我。”

我走到他旁边，蹲下来仔细瞧。我记得那天，当队伍朝左走向建筑群的另一扇门时，大多数和尚要么遮着脸，要么低头看着地面。但是，当我按下快门的那一刻，队尾的一个和尚刚好微微抬头，脸对着照相机。他犹豫了几秒，便融入人群中。那个和尚正是Su Nim。

我简直不敢相信。我坐在地板上，说不出话来，只是盯着照片看了好几分钟。最后，我说：“真巧。”

“不，这并不是巧合，”他说，“**当时机成熟，我们自然会见到该见的人。**”

他的话语令我为之一振，我忽然意识到：正是我苦苦追寻的东西，带领自己来到这里。回想在健身俱乐部的那些日子，我翻阅了一本又一本关于佛教和冥想的书籍。那些日子都是有目的的。在健身俱乐部，救生员让我第一次考虑来韩国；和迈克在一起的那晚，我得知有教学机会。所有事情都不是巧合。这一路上，我的目的已经将我与正确的人、正确的地方联系在一起。我真心希望，能在松广寺的旅途中遇见一位和尚，而这个愿望并没有落空：我真的遇见了松广寺的和尚。（虽然他喜欢打保龄球，穿时髦的拼接背心，读奥修的书，但他的确是松广寺的和尚。）

也许过程没能按照我预想的那样展开，但这一切并非只是混沌宇宙中的随机事件。有生以来，我第一次明白：有愿就会有缘。我来到了我该来的地方。

第三课：

相信你内心的声音

在你心里有个声音，
它整天窃窃私语，
“我觉得对我来说这是对的，那是错的。”
没有老师，牧师，父母，朋友，
没有一个明智之人帮忙决断，
该如何是好——那就听听
你内心的声音。

——谢尔·希尔弗斯坦[1]《声音》

天空在下雨，虽然还没到 4 月，但是隐约能够感受到，春天的脚步近了。我与 Su Nim 在茶馆见面已经成为一种习惯。与每个礼拜的其他事情相比，我更期待我们的聚会。

尽管城里大多数的茶馆通常有很多顾客，我们却可以完全旁若无人，甚至对店主也视而不见。这不是我们第一次单独出来喝茶，但后台总会有一两个员工喧嚷着提醒我们，不，我们不是地球上仅剩的两个人。我们坐在矮木桌旁的丝绸垫子上，沉默相对，耐心等候生命的迹象。

我们安静地坐在那里，倾听雨点落在干旱的土地上。15 分钟以

1　谢尔·希尔弗斯坦（1932—1999），美国诗人、插画家、剧作家、作曲家、创作歌手。

后，Su Nim 站起来，消失在厨房里。几分钟后，他出现了，手里拿着一个托盘，悄无声息地走到桌子前。他还是穿着那件灰色长袍，看上去无比庄严。他小心翼翼地放下托盘。托盘里有一大杯热气腾腾的开水，一个陶瓷茶壶，一个碗和两个小茶杯。停顿了一会儿，Su Nim 有条不紊地把开水倒进茶壶，待茶叶浸泡几分钟以后，倒入碗里。然后，他双手合十，闭上眼睛，等待茶凉。

我也闭上眼睛。在接下来的时刻，一种巨大的平静感在我心中生起。虽然我们单独相处，但我并没有感到不安，相反，我感到像在自己家里般轻松自在。在那些沉默的时刻，我无需更多。我已应有尽有。

我听见倒水的声音。当我睁开眼睛，一杯热气腾腾的绿茶摆在我面前。我捧起瓷杯，一种温暖的感觉在身体里蔓延。我看见 Su Nim 动作优雅地将他的茶杯倒满。然后，我们都停顿了一会儿，开始喝第一口茶。

我们第一次外出时，Su Nim 曾教过我，在韩国喝茶，要用一种特别的方式。首先，你必须在手心里感受茶的温度。然后，喝第一口之前，你必须观察茶的颜色。它是淡黄色，还是深绿色？喝第二口之前，注意茶的气味。它是泥土气味，还是芳香气味？最后，品尝茶的味道。它是浓郁，还是清新？喝完第三口，杯子应该空了，因为茶杯只能容纳喝三口的分量。一杯喝完，你就静静地坐着，感受体内的茶香。这时，你才做到了茶人合一。

当我们静坐时，我仔细打量 Su Nim。他安静地坐在那里，闭着眼睛，正在感受体内的茶香。我的目光从那发亮的光头，移至长袍上每一条恰到好处的褶皱。他看上去如此满足。如果真的有人可以做到茶人合一，那么，此刻 Su Nim 就是这样的人。

此时此刻，我的脑海突然冒出一句话（幸好没有从嘴里冒出来）：

“他是我丈夫。”

我环顾四周。

谁说的？我想知道。更重要的是，有人听见了吗？！

然而，周围并无旁人。在这个房间里，依然只有我们两个人。事实上，这句话出自我自己。

我困惑极了。我知道自己深深喜爱这个和尚，但那并非真正的、“多情”的爱恋。另外，“他是我丈夫”这句话，更像是记忆里的东西，而不是此刻萌生的新念头。就像当初在西雅图，健身俱乐部的救生员说她要去韩国的时候，我也出现过同样的感觉。

但是，这次绝对不行！因为和尚不是合适的婚姻伴侣，和尚意味着单身和孤独终老！

我对自己很恼怒，也很矛盾。我的心与大脑在斗争。我的大脑说：“你在干什么？！”而我的心却说：“他是我丈夫。”

你又如何能够否认自己的内心呢？

5 月，我与 Su Nim 共度周末之旅。

我们去了釜山。之前去松广寺的时候，我曾在这个沿海城市换乘过汽车。釜山也有很多寺庙，Su Nim 计划带我去梵鱼寺，见他的一些僧侣朋友。

当他第一次提出旅行的建议时，我经过深思熟虑后告诉他，我太忙了。我担心其他和尚对于我们单独旅行的看法。

我承认，我既害怕又犹豫。但是，我听从了内心深处更强烈的声音，它告诉我：我必须去，这是对的选择，不要在意他人的看法。

Su Nim 认为，去釜山一定要看海滩，这样才不枉此行。于是，在城里吃过午饭以后，我们没有直接去寺庙，而是前往海云台海滩。在离岸边相当远的地方，我们找到一处阳光明媚的场所，那里远离一切喧嚣。

5 月中旬的天气，明显要比早春暖和。海滩挤满了游客。我们脱掉鞋子，坐在沙滩上。我捧起一把沙砾，看着它们从指缝间流走，然后感受它们掉落在脚趾间的温度。我躺在沙滩上，黑白色的太阳裙在膝盖周围堆成一团。我闭上眼睛，任由阳光洒在脸上。

过了一会儿，我眯起眼睛看 Su Nim。他仍然穿着长袍。在那么多层衣服的包裹下，他一定酷热难耐。只见他双手抱膝，安静地坐在沙滩上，目光注视着远处玩耍的孩子们。有的孩子用铁铲挖洞，挖出深水池和错综复杂的河流；有的孩子用铁铲铲沙，堆出漂亮的城堡模型。他们都沉浸在自己的小世界里。尽情享受日光浴的情侣们，也沉浸在自己的世界里，全然忘了岸边其他人。

“你认为外部世界是真实存在的，还是只是意识的产物？”我打破沉默。

“你怎么想？”Su Nim 回答道。

“此刻，我能看见沙滩上的人们。但我感觉，对他们来说我们并不存在。”我说。

“为什么呢？”

“因为他们都在从事自己的活动，根本没想到我们。”

“一切取决于自身的看法，”Su Nim 说，“如果你认为你存在于他人的意识里，那么，你就存在。但是，别人对你的看法并不重要，不是吗？**重要的是，你如何看待自己。在这个世界上，是你自己创造了自身的体验。**”

在接下来的几分钟内，我认真思考他的话。我总是按照他人对我的看法来判定自己，却从未想过我对自己的看法。

我是谁？

我如何知道哪些是他人的看法，哪些是自己的看法？

我还没来得及想清楚这些问题，话题已经转移。那一天，我们几乎无所不谈，从佛教、因果、联结、旅行、书籍，直到无话可说。最后，我们安静地坐在那里，看日落。当最后一抹夕阳离开天际的时候，我们闭上双眼，仍然躺在海滩上，倾听海浪的声音，直到月亮升起。

Su Nim 说：“让月亮的能量将你充满，将它吸入你的身体，然后呼到空气中。”他正在我身旁的沙地上打坐。我如此放松地平躺着，随后按照他的指令坐起来，吸入月亮的能量，再将其呼出。

5分钟过去了，Su Nim继续说："月亮是一种强大的冥想工具。它包含万物。你是月亮，月亮也是你。对满月敞开心扉，你的心也将变得圆满。"

我知道，我已感觉非常圆满。我的心中装满了白天、太阳、我们的对话、沙地，以及此刻的月亮。倘若再多一些，便会满溢。我坐在那里，望着挺胸直背、莲花盘坐的Su Nim，然后深吸一口气，将月亮的能量吸入身体，再长呼一口气。当我观察他的时候，月光洒在他脸上，星星在上空出现，我忽然感到一种前所未有的平静。

过了片刻，Su Nim说："你听到音乐声了吗？很好听吧？"

这是从附近咖啡馆传来的吉他音乐，召唤我们在夜晚清场时离开海滩。我们就像着了魔似的，顺着吉他独奏声的方向走去。沿着明亮的霓虹灯，我们来到一排酒吧和咖啡馆前。当我们找到那间咖啡馆时，Su Nim抬头看了看招牌，脸上泛起微笑。

他念道："Mu-ah。"

"这是什么意思？"我问。

"无我，"Su Nim回答道，"这间咖啡馆名叫'无我'。"

它完全描绘了我当时的感受：自由的身份，自由的自我。

我已感觉不到我们之间的距离。"和尚"与"英语老师"，它们只是描述身份的词语，而这些身份是我们紧紧依附的东西。如果我们不是"和尚"与"英语老师"，那么，我们到底是谁？是时候通过禅宗心印的方式来解答这个问题了，但不是今晚。

咖啡馆里，所有的隔间与桌子都坐满了人。于是，我们走到前台，坐在落地窗前面的高脚凳上。吉他手正闭着眼睛，弹唱一首舒缓的韩国民谣，并用右脚轻轻地打着节拍。我没听过这首歌，但是我能听懂他唱的每一个字。他仿佛在对我说，敞开心扉。我发现，Su Nim 同样沉浸在音乐里。当服务员走过来请我们点单时，我们才意识到，我们只是这个拥挤酒吧里的两位顾客。

Su Nim 说："两杯热绿茶。"周围每一个人都喝着啤酒与果汁，但喝茶已经成为我们的习惯。

我捧着温暖的茶杯，迷失在音乐中。吉他手用他的手指倾诉衷肠，身穿长袍的男人一脸安详地坐在身旁。此刻，我已别无他求。

当一曲终了时，我的思绪被拉回到现实。

现在几点？我想知道。一定过了午夜吧。山上的寺庙显然已经去不了了。那么，接下来该怎么办？我们去哪里睡觉？我不再沉浸于虚幻的想象之中，不再"无我"。我的灵魂已回归躯体，并且充满了怀疑与担忧。

Su Nim 说："太晚了。我们需要找个地方睡觉。"他的声音听起来和我一样担忧。考虑到已经很晚了，我们只有一个选择：住旅馆。

当我们朝海滩附近的旅馆走去时，我的心中开始不安起来。我不想和 Su Nim 去接待柜台。一个和尚与一个美国女人开房，别人会怎么想？我并没有提出反对意见，只是跟着 Su Nim 继续往前走。我相信他的心里也感到不安，但我们别无选择。另外，我们的钱也十分有限，因为之前根本没想过会住旅馆，我们的钱只够住一间房。

我停下脚步。“我们该怎么做？”

“我去订房间。你到楼上等我。”他回答。

我们在楼上会合后，Su Nim 示意我跟着他往走廊里进去。我犹豫了一下，警惕地环顾四周，这才迈开脚步。他见我一脸恐惧，笑了起来，好像在说：“没事。”

一进房间，我就坐到地板上。我有些颤抖。“还好，没人看见我们。”

“好了，”他说，“我知道，你一定感到不安。我也有这种感觉。”

我很肯定地说：“现在没事了，因为我们已经进来了。”

“是的，我们已经进来了。能有一个睡觉的地方，就是好事。我先去刷牙洗脸。”

Su Nim 从包里拿出一条小毛巾和一把牙刷，走进浴室。我仔细察看房间。除了卷在角落里的两床睡垫和两床被子，这里空空如也。

“我将自己陷入了何种境地？”我想。

Su Nim 出来了，轮到我使用浴室。我走了进去，坐在马桶上，看着镜子里的自己。我闷闷不乐地想：“我在这里做什么？”另一个声音平静而宽慰地说：“相信自己的心。”我站起来，迅速刷牙洗脸，走出浴室。Su Nim 盘坐在地板上，点燃一根香。他把两床睡垫并排铺好，上面再铺上毛毯。

他说:“让我们冥想一会儿。”我拿了一个垫子，坐在他旁边。然后，我闭上眼睛，感受自己的呼吸，清空脑海里的所有杂念。这一刻，我投降了，最终放弃了自我挣扎。

在这片沉默里，我意识到，我多么想与 Su Nim 在一起。当我们共处时，我感到非常平静，同时，又有一种被吸引的感觉。事实上，我一直知道这种吸引力存在，只是害怕去探索而已。10 分钟后，Su Nim 起身关灯。我爬上床，把被子拉到下巴处。Su Nim 也是如此。我们静静地躺在那里，试图入睡，但我们之间的气氛异常尴尬。

突然，我感觉 Su Nim 的手放到了我的胳膊上。我的心怦怦跳起来。

我再次放弃挣扎。

我的大脑与心已经斗争了许久，终于累了。我屈服于自己的心。我投降了。月光透进窗户，照亮了我们的脸。Su Nim 的拥抱让我从头到脚都充满了温暖和舒适的感觉。我任由自己沉浸在这样的温暖当中。我融化了。

当我们结合的那一刻，所有距离感全都荡然无存。我是谁，他是谁，这些都已不再重要。我已找不到自我。没有区分，没有界限，没有距离，没有黑白，没有对错。我们是宇宙的脉搏。我们是一体。

我们从未正式谈过，那天晚上我们之间究竟发生了什么。但是我们都清楚，我们不止以一种方式越了界。我们不再是茶友。我们做爱了。

几乎就在这些幸福的瞬间，我开始认真剖析当晚。每一个细节都须经过仔细分析，如同调查犯罪现场的证据那般。

于是，我就这样把自己层层解剖：“你为何不能放弃自我挣扎？”我辩解。“在你的生命当中，这是第一次让你感觉完全正确的事情。这种感觉如此罕见，”我陈述理由。“人们终其一生都在寻找它！就因为别人的看法，你真的想拒绝它吗？屈服于外部压力有带来过什么好结果吗？”

这是一个令人信服的理由。我知道它是对的。依照他人的看法（我应当怎样做，应当成为什么样的人），我总是一无所获。

在大脑与心的持续斗争中，我睡着了。清晨，当阳光还没照进旅馆窗户时，Su Nim 伸出手，把我拉近他的胸口，张开双臂拥着我。在他充满爱的怀抱里休息，我感到无比幸福与平和。我忽然明白一件事：**我内心的声音，我如此渴望听到的声音，并不是来自大脑或者经由思想。当我安静的时候，当我放弃寻找答案的时候，当我活在当下的时候，它便会到来。这个声音来自我的心。**

在那一刻，我躺在 Su Nim 的手臂上，发誓要听从我内心的声音——即使我知道，做到这一点并不容易。

6 月，Su Nim 要我陪他去松广寺见住持。我感觉像要见家长似的：Su Nim 是松广寺的和尚，而松广寺是 Su Nim 的家。

这个想法让我非常尴尬。我的意思是，其他和尚会把同游（甚至同睡）的女人带去见住持吗？我会被寺庙里打扫卫生的和尚驱逐出门吗？在我看来，打扫卫生的和尚专门负责阻止恶魔进入寺庙。我不想玷污那个神圣的地方。我已经够出格的了。

“我害怕见住持，”我承认，“他会怎么看我？”

“别担心，”他说，“住持会很高兴见到你。我们欢迎你。”

我在脑海里重复他的话：“我们欢迎你。”记得去年10月初，当我第一次去松广寺的时候，我如此期待听到这句话。然而，直到后来离开时，我也没能跟任何人说上一句话。

在一个晴朗的下午，我第一次走进住持的宿舍。经过米纸门的时候，我非常紧张。我害怕遇见一位严厉的长老，他一定会斥责我带坏他最青睐的弟子。但事实恰恰相反，我遇见的是一尊弥勒佛。他有圆滚滚的大肚子和一双炯炯有神的眼睛。当我走进宿舍的时候，他面带微笑，双腿盘坐，迎接我的到来。按照Su Nim之前交代的话，我向他鞠了三个躬表示问候。但是，他快乐而安详的面容并没有缓解我的紧张情绪。

当我行跪拜礼时，住持咯咯地笑起来，似乎想让我知道，真的没必要。他说：“坐，坐。你喜欢番茄吗？”

我回答道：“嗯……当然。”我瞠目结舌。

没有责骂，没有训话，没有持手杖的严厉长老。我想象中的所有情形都没有发生。在我面前的是一位快活的和尚，手里还拿着一个大番茄。

这里的习俗是什么？我想知道。我从未听说过在寺庙吃番茄的礼节。我的意思是，我应该把番茄当苹果吃吗？我忐忑不安地坐在那里，看着 Su Nim 从住持手里接过番茄，然后听他们讨论我的学校、生活以及我在韩国发生的一切事情，而我全然不知该如何是好。

但在整个谈话过程中，Su Nim 一直拿着番茄，坐在我与住持中间。我一门心思地琢磨该如何将它吃掉。最后，当 Su Nim 从身旁的书架上取出一个磨碎器和一个瓷碗时，我这才如释重负。我一脸敬畏与惊讶地看着他把那个大番茄磨碎，变成番茄汁。他往里面添加了一些蜂蜜，然后满面笑容地递给我。

我将礼节抛之脑后，就这样大口喝起来。

然而，事情会这么简单吗？

当住持看见我喝番茄汁的样子，他高兴地笑了。后来，Su Nim 告诉我，他们没有讨论我们的关系。但是，我感觉住持已经知道了，从他的眼神里就能看出来。谢天谢地，那不是充满愤怒的眼神。相反，我认为他的眼中满是慈爱之情。

临行之前，我们再次鞠躬与他道别。Su Nim 打开米纸门。我们走下楼梯，来到寺庙周围的庭院。庭院里没有人。Su Nim 指着前面一条道路，示意我往那边走。这条道路两旁种满了高耸的竹子，形成一种天然的遮雨棚。我们刚踏上那条路，他便抓住我的手，吻了我一下。

“停！”我悄声命令他，以免引起其他人注意。我相信，肯定会有和尚发现我们这种行为，这样，他便有足够的证据把我赶出寺庙。

Su Nim 笃定地说：“没关系，这里没有人。”

我第一次漫步在这些路上的时候，是因为内心有一种暗示：我必须去松广寺，我将在那里遇见一位非常重要的人。说实话，我曾幻想过，会有一位伟大的禅师出现在河畔的云雾里，像精灵或者巫师一样，为我指明人生道路，并要求我听从他的建议——我如此渴望他的建议。

结果，我的巫师是一位身穿灰色长袍的小个子男人。结果，我的向导是一位很高兴握我的手，并亲吻我的年轻和尚。

此时正值初夏，太阳高挂在天空，蝴蝶和蜜蜂在我们周围飞舞。竹子迎着微风来回摆动，像是在对我低语，又像是在提醒我：这里是神圣的地方，我应当尊重它们。我的向导却要我相信，一切都很好。我很不安，但是继续顺其自然。

在竹子路的尽头，有一间地势很高的茶馆，看起来就像一间没有树的树屋。我们不得不顺着梯子爬上去。一进门，我看见 Su Nim 的一位师兄弟，安静地坐在矮木桌旁的垫子上。他冲我们微笑，并示意我们坐下。我们在角落里拿了两个坐垫，放在桌子周围，加入了他的行列。我原本以为我们至少会互相打招呼，或者彼此介绍，但我们只是完全沉默地坐在那里，仿佛时间永无止境。

我手足无措，只好闭上眼睛，假装沉思。过了一会儿，我似乎听见渗滤式咖啡壶发出的声音。我睁开眼睛，发现角落里有一个电热水壶正在烧水。我们要喝茶了。

那个和尚小心翼翼地将茶杯和碗摆放在矮木桌上，随后，他用勺子将茶叶从罐子里舀出来，放进茶壶，往里倒水，待其静置。又一阵永恒的沉默之后，他把茶倒进碗里，然后盘起双腿，闭上眼睛，等待茶凉。

我不禁看着他和 Su Nim。他们是师兄弟，已经一年多未见面了，但是现在，他们却没有说一句话。我担心他们保持沉默是因为我。或许，这正是那个和尚的待客之道，他是以这种方式表示对我们的尊重。难道真的没必要用言语表达吗？沉默以对就能表达对客人的尊重吗？

我试图想象，在美国的时候，如果有朋友到访，而我一句话也不说，会是怎样的情形。我打开门，示意他们坐下，然后去厨房准备零食和饮料。不，我认为这种做法是行不通的。我的客人一定会感到不舒服，他们会说："我们来得不是时候吗？"或者："发生什么事情了？要不我们改日再来。"沉默只会将他们拒之门外，多可惜。我又试图想象，如果在一些美好的地方，比如：在山上、在一个风景如画的餐厅里、在看日落的时候、在前往圣胡安岛的船上，言语或许真的有碍我全心感受并享受当时的美景。

和尚伸出手，将茶倒入桌子边缘处的杯子里。精致的陶瓷杯里盛满了浅棕色的茶。我等待 Su Nim 喝第一口。他凝视着杯子，先观察颜色，然后深吸一口气，闻茶香。最后，他抿了一口，在舌尖充分品尝茶的味道。我与那个和尚也照做。

在这一刻，哪里还需要什么言语呢？我们听见风中的竹子沙沙作响，远处的蝉高声歌唱。各种视觉、听觉、触觉充满着我。这种安静的邂逅传递了更多的智慧，远胜过千言万语。

到 7 月为止，我在语言学院完成了将近一年的教学工作。在 5 个多月的时间里，我与 Su Nim 已经变得形影不离。我们在学校见面，在课前、课后以及每个周末都会见面，从不放过任何一个机会。茶馆成了我们第二个家。寺庙也是。但是，我仍然害怕在公开场合表露出对 Su Nim 的任何情感，我相信他也如此。

为了制造独处的机会，我会让他偷偷溜进我的房间，或者我们约在火车站见面，待他把长袍换成运动装（就像超人在公用电话亭变身那样），我们便踏上周末之旅。

我知道，贝基与其他朋友都怀疑我们之间的关系，但他们并没有过多询问。他们知道我俩经常在一起，但他们从不就此议论。由于我们都是朋友，Su Nim 时常参与我们下班后的聚餐（由英语教师和韩国学生组成的聚餐）。虽然我与 Su Nim 总是出双入对，但我们尽量不表现出任何恋爱的迹象。我开始感到烦恼，因为我们必须隐瞒相爱的事实。但是，对 Su Nim 来说，他尚不知道是否可以为了这段关系抛弃一切。

见鬼，我也不知道自己做不做得到。

随着教学工作结束，我面临一个选择。我想去日本，见一位日本中学的朋友。他曾几次打电话到我任教的学院，邀请我去他父母家拜访他。我怎么能错过这样的机会呢？

一天，在庆州市区一间名叫“子乐湾”的小茶馆里，我告诉Su Nim，我要去拜访朋友，大约两周后回来。我能感觉到他很沮丧。两周？我不在的这两周，他该怎么办？在这5个多月里，我们从未分开一天。我向他保证一定会回来，等我回来以后，我们有足够的时间在一起。

但事实是，我并不知道等我从日本回来以后，我们还会有多少时间在一起。我计划回到西雅图，然后去更多的地方旅行。

离别的话最难说出口。于是，我们把各自的感受写在我随身携带的一张明信片上。这张明信片的画面是黎明时分的吐含山——几个佛教圣地的故乡。人们认为，这座山是庆州城的保护神。在明信片的背面，我写下这样一段文字：

1996年7月23日，星期三，下午2点50分。此刻，我们在庆州市“子乐湾”茶馆。音乐正在播放鸟儿的声音。这是一个美好的礼拜三下午。我很快就得离开这里。告诉我，该如何与你同在。

在这段文字下面，我画了一行雏菊，用来分开我与 Su Nim 写下的话。

此刻，我正在喝茶。或许这是世上最美味的茶，因为你坐在我面前。不管怎么说，我有些难过，因为你很快就要离开。我不知道你离开后，我该如何继续生活。我无法用言语表达我对你的心。但我相信，我们永远同在，因为我们拥有相同的精神能量。今天，请你留在我身边。

我将从他的生命中消失，并忘记他吗？

我真的不知道这个问题的答案。我还不能完全了解自己。我不确定我的内心是否强大到足以处理这种关系。假如就此放弃，和一个普通人开始一段普通的生活，似乎更容易一些。我不能否认这一点，这些想法闪过我的脑海。

他决定送我去机场。当他穿着僧袍在机场拥抱我时，一群韩国人呆呆地望着我们。我想说些什么，但这些话始终卡在我的喉咙。我努力不让眼泪掉下来。他用悲伤的眼神注视着我。

最后，在离别时，他说："我们很快会再见面。"

我不想目送他离开。我控制住所有情绪，朝前走去，心碎了一地。但是我相信，去日本会有帮助。我可以借此机会，与 Su Nim 保持一段距离，从而认真思考我所做的事情，以及是否应该继续维持这段关系。

在日本的那段时间里，我无法轻松享受所有美好的经历。朋友带我去了各种佛教圣地、神社、传统澡堂和美味的寿司店。我们到东京市区购物，到银座观看歌舞伎表演，可我的脑子里全是 Su Nim。我可以登上富士山的山顶，甚至可以登上月球，而我的心却在别处。

我试着活在当下，但我无疑已深陷其中，无法自拔。这是大多数和尚一生避免的事情，可我已然坠入爱河。或许，Su Nim 也是如此。

我们曾约定，等我一回来，便去寺庙楼下的茶馆找他。我答应过他，回庆州以后，我会立刻去茶馆。我也曾计划与以前的学生、朋友去那里喝茶。当我到达茶馆的时候，所有朋友都在迎接我。我们一边喝着绿茶，一边分享旅行的趣事。大约一小时后，我用眼角的余光看见 Su Nim 进来了。不难发现，他并不想加入我们的朋友圈。他希望单独见我。

我们加快喝茶和谈话的速度，约好下次再见。随后，我把朋友们送出茶馆，并告诉他们，我要留在那里见另一个人。毫无疑问，他们知道我要见的人是谁。

当我登上楼梯，准备返回茶馆时，中途遇见 Su Nim。我们默默地站了一分钟，看见周围没人，他便将我紧紧搂在怀里。我不知道我们就这样站了多久。这一次，我没有像往常那样，担心被人看见。我知道，本该如此。我只想尽情享受此刻的拥抱。

接着，Su Nim 牵起我的手，把我带到楼上寺庙的住所。我之前从未进去过，因此仍有些犹豫。心想：其他和尚也住在那里吗？

我们来到存鞋区附近的长凳上坐下。他紧握住我的手，深深呼吸。我们闭上眼睛，就这样安静地坐了 20 分钟。

就在那时，我意识到，我们之间不会只是短暂的关系。

无论是什么原因让我们走到一起，它都超乎了我们的想象，都是深奥而难以解释的。他放在我手心里的手，就好像是我自己的手，又像是重新寻回了丢失的一部分。我们之间究竟存在多少命运纠葛？在这些命运之中，我们又各自扮演着哪些角色？我是他的母亲吗？他是我的哥哥吗？我不知道。

唯一可以肯定的是：“我爱你”这句话，根本无需说出口。

第四课：

旅程中的每一刻都藏着宝藏

生命即旅程。

——李晟允（Seong Yoon Lee）

教学合同结束之际，我与迈克、凯伦开始认真讨论旅行的计划。我们打算进行为期三个月的亚洲之旅，行程包括泰国、尼泊尔、中国西藏和印度。

这个主意让我感到很兴奋，然而，我却很担心 Su Nim。当初做出去日本的决定，就已经十分艰难，而且那时候我才离开他短短两周时间。我没有主动邀请他加入我们的队伍，寺庙显然不允许他离开这么久。另外，我担心让他与一群外国人，其中还有他的女友一起旅行，他心里会怎么想。

所以，当他不请自来时，你可以想象我当时是多么惊讶。由于他计划在旅行时拜访一些佛教圣地，寺庙甚至同意为他出资，并报销机票，给予适量的津贴。我的朋友们都认识 Su Nim，他也曾参加过我们的聚会，因此，他加入我们的旅行队伍，似乎没那么尴尬。当然，朋友们如今隐约意识到我俩的关系，但他们决定不干涉我们。他们知道我俩是一对恋人，却没有过多询问，真是莫大的安慰。

旅行时间定在 8 月。出发之前，我决定先回华盛顿待几周，一来可以看望家人和朋友，二来可以借此机会购买旅行装备。然后，我将与其他人在第一站——曼谷会合。

我们需要置办大量的装备。迈克喜欢徒步、滑雪、攀岩，因此，他最清楚该带些什么。在我动身前往华盛顿的前几周，他便向我们交代了一系列清单，其中，帽灯最有使用价值，睡袋最轻便、最保暖，徒步杖最适合穿越安纳普尔纳峰时的长途跋涉，或许还需要一个净水器。

在我离开之前，Su Nim 想带迈克看看他刚买的睡袋是否符合迈克的标准。于是，我们一起去了 Su Nim 居住的寺庙。当我们正在全神贯注地讨论另一件装备时，一位身材矮小的老和尚跑到睡袋前，跳进去，把拉链拉到头部，并在里面扭来扭去。我们哄堂大笑。不管迈克如何评价 Su Nim 的新睡袋，这位老和尚肯定对它留下了深刻的印象。

坦率地说，我认为讨论这些旅行装备是一件非常可笑的事情。以我之见，帽灯不过就是个帽灯，睡袋也不过就是个睡袋。而且，我真的需要徒步杖或者净水器吗？我们是要攀登珠穆朗玛峰，还是打算徒步穿过贾第虫[1]泛滥的稻田？

然而，我以前从未有过类似的旅行经历，因此，我只好收起抱怨，边听边做笔记。

现在，我已经抵达曼谷机场，出现在迈克和 Su Nim 面前。我穿

1 贾第虫，人体肠道感染的常见寄生虫之一，可引起腹痛、腹泻和吸收不良等症状，分布于世界各地。近十多年来，在旅游者中发病率较高，故又称旅游者腹泻。

着旅行裤和T恤，背着新皮包，脖子上系了一条吸汗的手巾。脚边的阿尔派妮[1]背包里塞满了各种旅行装备，著名的登山家埃德蒙·希拉里看见都会感到汗颜。

迈克给了我一个大大的拥抱，问道："嗨，凯瑟琳，飞行顺利吗？"Su Nim站在几步远的地方，似乎正在考虑用何种方式问候我。很显然，我们还不能完全自如地在朋友面前表现出对彼此的感情。他站在迈克身后，轻轻地朝我挥手。

迈克说道："我们住在考山路，那里的酒店都差不多，相当划算。"说完，他带领我们走出机场，进入拥挤的人群。我走到迈克身边，试图听他说话。Su Nim跟在身后不远处，肩上挎着我那沉重的背包。

我们一路乘车，穿过交通堵塞、环境污染的城市，深夜才抵达酒店。Su Nim已经为我订好了房间。迈克与我们互道晚安后，走向他与凯伦的房间。Su Nim仍然挎着我的背包，带我沿着狭窄的走廊走向我们的房间。我一脸恍惚地跟在他身后。由于刚从太平洋西北地区过来，我的身体出现时差反应，心理也受到文化冲击。

而酒店房间根本无助于我缓解这些不适感。天花板上的吊扇发出响亮的声音，就算只是摆设，也不能令人满意。两张单人床并排摆放着，上面铺了两张床单。卫生间的马桶坏了，水槽和淋浴器滴着冷水。

我疲惫不堪地躺在床上，浑身是汗。我感觉自己仿佛被飞机的

---

1 阿尔派妮（ALPINE PRO），成立于捷克布拉格的户外运动品牌。

排气管喷出，径直掉入了这个简陋的房间。

“我们究竟来这里做什么？”我问道。我想起西雅图，想起那里的原始山脉、树木和清新的空气。

Su Nim 说：“你想来这里，和朋友们一同旅行。你还记得吗？”我把他拉到床上，温柔地吻了他的脸颊。或许我已来到地狱，但是至少还有他在我身边。他承诺道：“等我们离开这座城市，一切都会好起来。”

他曾让我在西雅图帮他买几件衣服，于是，我给他看我买的东西：几条两截登山裤、几双户外凉鞋、几件 T 恤。他拿起一件 T 恤。背后的图案是三个和尚正在冥想，图案下面有一行文字：“做好准备”。

“这是什么？”他说。

“这是为了提醒你，就算穿上这些衣服，严格来说，你仍然是一个和尚。”他似笑非笑地看着我，然后把它塞进自己的背包。

我知道 Su Nim 仍是一个和尚，但是我很高兴，因为我们终于可以像一对普通情侣那样，利用空闲时间去旅行。在考山路的露天广场中央，遍地是游客，我已等不及想亲吻他的嘴唇。我有预感，在旅行过程中，我们最终会在某一时刻与朋友们分开，我们会有更多随心所欲的自由。

第二天晚上，我们乘坐夜班火车去甲米半岛——泰国南部的海滩。其他人都在讨论，希望在旅行中看到什么，或者做些什么。我也很想参与，但我仍未倒过时差，难以保持清醒。Su Nim 察觉到我的疲惫，于是爬到上铺。我躺在下铺，紧紧拉上窗帘，倾听火车在轨道上运行的节奏。我盯着上铺的床板，心中十分感激有 Su Nim 的陪伴。如果只是和朋友们在一起，我一定无法尽情享受这次旅行，因为我会很想念他。在韩国，我们独处的机会仅限于茶馆、餐厅、庆州周边的一日游，以及难得的城外周末游。在城外，为了做我的男朋友，他会穿上普通的服装。当他穿上长袍时，我们就得保持距离。

我们在一起的浪漫时光也仅限于周末秘密出游，或者我设法让他避人耳目，偷偷溜进我住的情侣旅馆。而现在，我们正在泰国以游客的身份旅行。在韩国，我们的社会角色决定了各自的身份，并且禁止我们在一起，但在旅行时，我们可以选择为自己而活。我们无须遵循特定的规则。除了身边的朋友，没人认识我们。我们是无名氏，我们拥有无限的自由。我们不必背负他人的期望，可以完全为自己而活，完全做真实的自己。

撇开身份、头衔、家庭、国籍不谈，我们只是两个普通人。在开往泰国海滩的火车上，躺在各自铺位和洁白床单上的两个人。在同一片天空下，仰望着同样的星星与月亮的两个人。两个相爱的人。

带着这种想法，两天以来，我第一次进入酣睡。

我们在莱雷湾附近租了两间小屋。这片小海滩距离甲米半岛大约 40 分钟，而且只能乘坐长尾船抵达。我们在莱雷湾度过了两个多星期。这是一段无比悠闲的时光，每天除了游泳、潜水、睡在吊床上、吃饭、看日落、到酒吧里跟着鲍勃·马利[1]的音乐跳舞，我们无事可做。

我想假装我们就住在那里，那间小屋就是我们的家。对于我和Su Nim来说，我们可以借此机会，看看在一起生活会是怎样。

当然，这并非真实的生活。我不确定，在现实生活中，有多少人整天睡在吊床上，又有多少人从黄昏到黎明不停地投掷飞盘。我们不能总是手牵着手，在清澈湛蓝的海水里游泳，在洁白细柔的沙滩上相互追逐，也不能每晚都在空旷的海滩边看日落。生活不是《青春珊瑚岛》[2]。这只是度假。

但它却是天堂。

然而，我的心开始退缩，并且不时泛起罪恶感，仿佛我们正在逃避法律的制裁。我们就像银行劫匪，改名换姓后将自己伪装起来，消失在异国他乡，永远不想被人发现。直到某个美丽的下午，联邦调查局突然出现。

我担心美好的时光即将结束。现在，我们像一对已婚夫妇那样在泰国旅游，我想知道，我们该如何以这种方式永远继续下去。当爱情刚刚萌芽的时候，我顺其自然。但是现在，我想知道，我们应该如何面对以后的生活。

---

1 鲍勃·马利（Bob Marley，1945—1981），牙买加唱作歌手，雷鬼乐鼻祖。

2 《青春珊瑚岛（*The Blue Lagoon*）》，1980年上映的一部美国电影。讲述在一次海难中，一个男孩和一个女孩流落荒岛，两人学会了野外求生，长大后幸福地生活在一起，甚至拒绝了一艘大船的救援。

一天下午，我坐在海滩上问 Su Nim："我们将来会怎样？"

"你是什么意思？"他问道。

"我的意思是，回到韩国以后，我们会怎么样？我们打算如何出现在众人面前？"

他沉默了。

"我再也不想躲躲藏藏了，"我承认，"我想拥有一段正常的关系。"

"现在，我能做些什么呢？"他说，"凯瑟琳，看看我们在哪里。我们在天堂。我们在一起。就让我们尽情享受这一刻吧！"

Su Nim 的话有道理。但是，我总是情不自禁地认为，一旦回到韩国，我们之间的关系将结束，我无法看着它继续下去。

他侧躺在沙滩上，说道："没关系，一切都会好的。我们一定会解决这个问题的。"

我透过太阳镜凝视着他，说："你确定吗？"

Su Nim 没有回答。相反，他笑了笑，吻了我，我们的身体黏在一起。他总是用安慰的话语和温柔的触摸，把我带回真实的瞬间。内疚和担忧的时刻终将过去，就像日落时分，海浪会涌向岸边一样。

在泰国待了两周后，我们前往尼泊尔。此时正值 9 月初，天气凉爽。靠近喜马拉雅山，真的感觉像到了秋天。贝基在尼泊尔与我们会面。我们都住在加德满都宾馆。我们把这里作为基地，计划从此处出发，进行为期两个月的徒步旅行与冒险。

从尼泊尔开始的第一段冒险是西藏之旅。西藏的旅游费用昂贵，于是，我们决定沿陆路长途跋涉。但问题是，没有多少人能鼓起勇气从尼泊尔走陆路到西藏，因此，没有任何明确的指南可供参考。幸运的是，我们有地图和旅行手册，也知道大致的方向。我们指定迈克为带头人，然后一行五人从加德满都出发，经由陆路前往拉萨，整段旅程需要 8 天时间。从加德满都到拉萨有 924 公里，我们走的是友谊高速公路，结果它相当不友好：雨水和泥石流让条件变得十分恶劣。

我们乘坐的第一个交通工具，是一辆破旧不堪的公共汽车，里面只有几张折叠椅代替了原本的汽车座椅。我们是车上仅有的外国人，其余都是本地人。鉴于道路的状况，你可以想象得到，在汽车开往巴勒比斯镇的 6 个小时中，我们是如何到达的。一到那里，我们尽量先找到一个旅馆。作为尼泊尔与中国之间的贸易小镇，巴勒比斯并不完全适合旅游。寻找一个睡觉的地方，似乎比我们想象的更加困难。我们在街道上徘徊搜寻，终于在无意中发现一家门窗紧闭的旅馆，看上去像是许久没人入住。一位缺了几颗门牙的尼泊尔人受到惊扰，决定为我们打开门。感谢上帝。我们原本还在担心，可能要在坑坑洼洼的路边过夜。尽管我们最终找到了一个睡觉的地方，但是这个小镇什么都没有。我们到了一个方外之地。

豁牙男子掏出一串古老的钥匙，打开旅馆的门。伴随着一阵嘎吱嘎吱的开门声，我们看见每个角落里有无数的蜘蛛和蜘蛛网。然而，又累又饿的我们只好拖着沉重的脚步，在一个圆桌旁坐下。每张椅子上面都有一层厚厚的灰土，桌上也是。迈克询问菜单。我想："这应该很有趣。"

迈克说："哇，菜单上的菜品很多呀。"

果真如此，菜单上有米饭、木豆菜、饺子、素菜、饮料等等！情况逐渐好转。迈克点了一大堆食物。主人没有铅笔或钢笔，也没有记事本。他只是站在那里看着我们，好像我们来自火星一般。然后，他做了一个手势，明确表明这些食物都没有。他拿起迈克手中的菜单，指着煎饼和啤酒。所幸的是，我们的包里还有几瓶水、几罐金枪鱼和一些饼干，可以作为补充。

我们不太敢吃煎饼。我担心面粉是否过了保质期，果酱里会不会有一只大蟑螂？但只要有一个过夜的地方，我们就已经很感激了，尽管还未察看房间。

哦，上帝啊！我相信房间里一定藏了无数只大老鼠。床垫就是几层薄薄的泡沫，毯子估计好多年没洗过，上面满是尘土，足以引发哮喘。

但是，我们能怎么办呢？除了接受现实，我们别无选择。

随后的日子里，我们有时搭乘便车，有时在滑坡的山路上步行。最后，我们来到一个完全没有交通工具的地方。我们在泥泞的道路上步行了两小时，两旁全是巍然耸立的青山。那条道路最终通向尼泊尔边境的柯达瑞镇。我们从柯达瑞镇出发，必须经过友谊大桥，跨越胡特可西河，才能进入西藏。

我感觉自己像是电影《绿宝石》[1] 里的一名角色，又像是实景真人秀节目《幸存者》[2] 中的一员。我的意思是，这条滑坡的山路真的可以将我们带到西藏？在边境巡逻的人是否允许我们通行？即使得到允许，我们又该如何去拉萨？

我不知道。我只是高兴，我们离这一步还很遥远。

与巴勒比斯镇相比，中国边境的樟木镇像一个小小的天堂。我和 Su Nim 可以换一个更好的房间，享受更多的“情侣”时间，无需穿越滑坡山路，也无需担心果酱罐里有蟑螂。一天晚上，我们决定挥霍一下，出去吃中国菜。当天晚上，我们抵达餐厅，在旋转餐桌上点了各自喜欢的食物，以及菜单上列出的一切菜品。这一刻，我们仿佛来到了天堂。

我们知道，在西藏旅行的唯一途径，是乘坐越野车。最终，我们搭上了两名电影制片人的顺风车。他们刚好在凯拉什山拍摄完一部纪录片，正准备回拉萨。他们的英语讲得不好，所以沟通起来非常困难，但他们似乎是我们去拉萨的最佳选择。因此，我们七人乘坐这辆越野车，沿着一条狭窄而陡峭的下坡土路驶出友谊公路。我

1　《绿宝石》，1986 年罗伯特·泽米吉斯执导的冒险电影。

2　《幸存者》，美国著名电视真人实景秀节目。节目中参与者被限定在一个特定环境下依靠有限的工具维持生存，并参与竞赛。

确信，稍有不慎，我们都将必死无疑。

极高海拔令人虚弱不堪。我们中间有两人必须坐在越野车后部，那里没有座位，所以我们决定轮换。贝基持续的时间最短。看着车子在悬崖峭壁上颠簸而行，她觉得恶心至极。的确，这是我曾走过的最狭窄的道路之一。

大约行驶30公里之后，司机决定中途停留在聂拉木镇的郊外——密勒日巴曾经生活的洞窟。我高兴极了。自从第一次到达加德满都，我就读过一本关于密勒日巴的书籍。他是11世纪的瑜伽修行者和神秘主义者。多年后的今天，我能来到他冥想的地方，并分享他的教义，我感到很兴奋。

他的人生故事十分吸引我。父亲去世后，他的叔叔婶婶偷走了家里所有的钱，让他一家人过着贫穷的生活。于是，密勒日巴开始研究巫术。他运用巫术，降了一场异常猛烈的冰雹，摧毁了他所在的整个村庄。后来，密勒日巴意识到，复仇并非他要的结果。因此，他开始跟随西藏著名的喇嘛——玛尔巴学习。他跟随大师进行了各种难以想象的艰苦修炼，包括用三块石头建造九层大楼，然后拆掉重建。自此之后，他获得了圆满觉悟。据说，他是唯一一位在一生之中获得圆满觉悟的西藏圣人。完成艰苦的修炼后，他分享了这样一段话：

生活是一条分界线，我们可以选择上坡路，也可以选择下坡路。当下的时间是最宝贵的，我们每个人必须以这样或那样的方式，选择从善或者行恶。

洞窟上面的山非常贫瘠，由于海拔太高，没有任何东西生长。洞窟位于山路和玛特桑河中间。那里有一座名叫 Pelgye Ling 的小寺庙，是僧侣们日常居住和照看洞窟的地方。

司机将越野车停靠在路边，我们都走了出来。年幼的僧侣和孩子们兴冲冲地跑过来，脸上脏兮兮的，跟我们打招呼，仿佛我们是好几个月以来的第一批游客。

他们毫不犹豫地握住我们的手，并把唯一的食物递给我们：一个煮熟的小土豆。当然，我们拒绝了。Su Nim 跪在地上，和孩子们保持同样的高度，拥抱他们。他的脸上带着抑制不住的微笑，就像是回到了自己的家。孩子们和年幼的僧侣马上开始喜欢他。

一个还不到八岁的小和尚握住我的手。他笑容满面地看着我，并带领我走进洞窟。洞窟里点着蜡烛和香，表示对密勒日巴的敬意。和尚们笑了笑，示意我们坐下。我找到一个坐垫，安静地坐了下来。一种巨大的平静感弥漫在我整个身体里。

能有机会坐在密勒日巴曾经坐过的地方，是多么大的恩赐啊。做到这一点，我感到如此幸运。

然而，我们并没有太多的时间坐下来沉思，毕竟，我们很快就得回到越野车上。天色将晚，通往拉萨的路仍然很漫长。

我们原计划在日喀则市待一晚，但是最后根本未到达那里，因为当黑暗笼罩时，我们还在泥泞的单行道上。一切还算顺利，除了越野车的车头灯失灵。在前不着村后不着店的地方，行驶在泥泞的单行道上就已经很困难了，更可怕的是，在大半夜没有车头灯的情况下，行驶在这条无人的路上。谁知道我们还得走多远？我们真的不清楚。我们只知道，如果没有照明，我们将无法继续前行。我不打算在越野车里七人睡在一起，而车外的环境看起来更糟糕。

在出发之前，我们曾花了几个月时间精心研究杂志里的各种旅行装备，最终证明它们能够派上用场。几分钟之内，迈克从包里拿出高性能的 LED 照明灯，Su Nim 如法炮制。迈克打开他的灯，把右臂伸出窗外，照亮前面的路。Su Nim 在另一侧照做。有了这两个照明灯，我们便可以在黑暗中继续驶向日喀则。

第二天，我们终于来到西藏境内第一座真正的城市。之前去过的地方都只是一些小村庄或小城镇。城市入口处，有一排金色的祈祷轮。我举起右手旋转它们。随后，我们沿着一条鹅卵石路继续前行。在贫瘠的山脉背景下，一排高耸的金色寺庙屋顶显得尤为突出。门廊和窗户涂了一层鲜艳的红色、橙色和黄色油漆。以佛像为中心，复杂的手绘曼陀罗图案覆盖了寺庙周围大部分墙壁。我们驱车穿过友谊公路，一路毫无所获，此刻来到这个地方，却如获至宝。我很高兴终于能够开阔眼界。但是不能待太久，毕竟，我们还得去拉萨。

八天以来，我们行驶在崎岖不平的道路上，似乎毫无结果。我们七人挤在一辆车内，极高海拔足以让身体最强壮的人生病，而陡峭的下坡则会让你的心提到嗓子眼，甚至使车灯出现故障。然而，当我们终于到达拉萨，才发现这一切都是值得的。

西藏首府的喧嚣气氛令我无比开怀。僧侣们在街上吟唱。人们手里拿着祈祷轮，就像拿着手机那样。孩子们在身后追逐，脸颊红润的人们在角落和门口对我们微笑。

拉萨的太阳如此之高，似乎将所有人都提升到了一个不同的水平。或许是因为海拔的原因，我感觉自己行走在地球之上。这里的天空是我见过的最清澈的蓝色，与大昭寺醒目的金色形成强烈对比。我感觉自己像是进入了天堂。

大昭寺里，数十名年轻的僧侣坐在高台上，正摇头晃脑地念诵佛经。他们中间有些人在互相开玩笑、傻笑，直到老和尚用反对的目光瞥了他们一眼。我们与当地人一起在僧侣周围走动。人们点燃蜡烛，摇动手中的祈祷轮，开始吟唱。蜡烛是寺庙里唯一的光源，飘荡的香火令人陶醉。在烟雾缭绕的香火中，我们跟随吟唱的节奏。那一瞬间，我们仿佛登上了喜马拉雅山。

我感觉自己向四面八方扩展并蔓延。在这段漫长的旅行中，我已成为万物的一部分。我是僧侣、香火、蜡烛、诵唱、蓝天和金色的一部分。万物都融合在一起。在那些时刻，我意识到，只要精神强大，就没有什么可以被夺走。

八天以来，那条偏僻的土路最终带我们来到这个奇妙的地方。

在拉萨待了几天之后，我们不得不返回基地，准备进行接下来的冒险。进入西藏困难重重，离开却很迅速。在珠穆朗玛峰上空，经过两小时的飞行后，我们安全返回尼泊尔。一切就像一场梦。

回到加德满都，我们都需要休整几天，准备下一段旅行：从离加德满都125英里的博卡拉镇开始，到尼泊尔的安纳普尔纳峰周围进行长途跋涉。当其他人都去购物或者去城市周边漫游时，我和Su Nim在宾馆的院子里读书，打发慵懒的下午时光。有时，我会拿出我的日记本，画一张Su Nim读书时的素描图。我们互相拥抱、读书给彼此听、谈论自己的梦想或观点、到城里所有的咖啡馆吃饭、去商店购物、参观附近的寺庙，或者仅仅享受彼此的陪伴。我很高兴终于拥有自己的空间。

我和Su Nim渐渐从旅行队伍中脱离。在拉萨的最后几天，我已感觉力不从心：团队的旅行让我疲惫不堪，不管团队里都有谁。我厌倦了像绵羊似的跟随别人，最重要的是，我错过了与Su Nim在一起的私人时间。

由于我和Su Nim经常脱离队伍，贝基更多的时间与迈克和凯伦待在一起。起初，我们打算一起围绕安纳普尔纳峰进行徒步旅行。我们精心策划了18天的循环路线：经过尼泊尔边境的喜马拉雅山，翻过世界上最高的山口之一——陀龙山口。但在最后，我和Su Nim选择单独行动。我相信，其他人一定预料到会发生这种状况，可我还是不清楚他们真实的想法，因为在随后三个月的旅程中，我们只见过他们几次。或许我与 Su Nim 内心一直渴望单独行动，但在这次的旅行计划中，我们并不打算完全承认。后来，在泰国的海滩上，贝基最终遇见了她未来的丈夫——在同一段旅程中的一个美国人。我猜想，就我们分开旅行的方式而言，或许冥冥之中自有天意。

于是，我们两人一起出发，在博卡拉镇一个宾馆附近搭乘了一辆顺风车，前往登山口。下车时，我们才意识到行李过多。我们的背包如此沉重，我觉得我们根本无法背着它们完成 18 天的旅行。

幸运的是，路边一间茶馆的主人建议我们带上一个夏尔巴人。他把罗摩介绍给我们。罗摩是一个腼腆的 18 岁男孩，壮得像头牛一样。他需要赚钱养家，因此我们决定雇用他。为了减轻负载，罗摩扛起 Su Nim 沉重的背包，Su Nim 扛起我的背包，我扛起塞满了各种物品的小背包。

9 月底，路旁的青山看上去像是一尊尊坐佛。早些时候的降雨让河流满溢，瀑布从山上飞流直下，溅了我们一脸的雾水。一座吊桥悬在咆哮的河水之上。驴子和当地人正驮着供应品，从吊桥上经过。我们走在颤颤巍巍的吊桥上，几乎无法呼吸。偶尔，我们会瞥见喜马拉雅雪山之巅。光着脚丫的孩子们沿着小路追逐我们，笑声连连。玉米长得很高，苹果园十分茂盛。此时正是雨季结束的时候，四处生机勃勃。因此，当沿路看到山体滑坡的警告标志时，我更加不安。这里的山体滑坡非常严重，它们能把所有的房屋和人都淹没，只留下一堆石头。

有一次，我们需要过一条河，但是我太害怕。当我意识到这一点的时候，Su Nim 已经下到齐腰深的冰冷河水中，头顶上还举着沉重的背包，这意味着他无法用双臂保持身体平衡。

我喊道："快回来！水太深了，我们过不去！"

他听不见我说话，只是继续往更深处走去，直到河水漫过了他的胸口。罗摩跟在他身后。我知道河水下面的泥土很软，很难走。但他还在继续过河。我的心脏像泵般跳动得很快。我好害怕我会失去他。后来，他告诉我，冰冷的河水让他的心跳慢下来，甚至完全消失。他觉得，如果停止脚步，他一定会死。所以，他继续前行。等他终于爬上岸以后，他只是坐在那儿，拧干衣服。

我大声喊道："我到周围看看。"

一名以色列徒步旅行者（他的一生都在徒步旅行）扭头对我说："我简直不敢相信，他们居然过了河。这太疯狂了！"我和他又走了半英里路，才找到一处容易过河的地方。我们到达棚屋时，外面下起了倾盆大雨，Su Nim 和罗摩正在屋内烘干衣服。我浑身湿透了，又脏又累，而且仍然心有余悸，害怕失去 Su Nim。因此，当我看见他和罗摩安逸地捧着一杯茶，在火堆旁用树枝烘干袜子，并笑着谈论他们怎么过的河的时候，我有些生气。我告诉 Su Nim，我们必须找到一间茶馆过夜。我再也走不动了。

幸运的是，当我们越爬越高，小路变得完全干燥。当我们快要到达海拔4000米的玛囊县时，绿色景观消失了，周围的一切变得贫瘠。

我们决定，先在玛囊县适应几天，然后徒步穿越陀龙山口。但是，这种高海拔地区的空气十分稀薄，每个人都不得不放慢上山的脚步，同时也令玛囊县唯一一家宾馆人满为患。最后，我们还是设法弄到了一间房。

那天晚上，我们在茶餐厅吃饭，无意中听到两个女孩讨论，她们计划回到加德满都以后，参加十日内观冥想静修。此刻，在海拔4000米的地方，我终于听到有关冥想的东西。在这次旅行中，我一直在寻找它，试图听懂它微弱的呼唤，跟随它一路走过寺庙和山脉，但我始终无法听清。

其中一个女孩说："需要十天。我不知道，但似乎是很长的一段冥想时间。"

另一个女孩说："我知道。但我还是想试一试。我听说很难，但这也是一段改变人生的经历。"

我站起来，同时示意Su Nim也站起来。他困惑地看了我一眼。我们走到两个女孩面前，我对她们说，我偶然听到她们的谈话，想了解更多。她们邀请我们坐下。

"课程需要十天，"一直试图说服朋友的那个女孩说，"等我们徒步旅行结束，回去大概五天后开始。我想试一试。"说着，她拿出一本宣传册。

封面是淡蓝色的纸，简单地写着几个字："内观冥想"。上面还有一张四轮马车的照片，照片下方写着："乌巴庆的传统内观冥想法，由葛印卡老师讲授。介绍冥想课程的入门方法和练习准则。"

看上去非常一般。没有附加的修饰物，没有引人注意的词句，也没有极乐的冥想者或手持念珠的长胡须大师的彩色相片。我打开宣传册，看见"方法入门"四个字。听起来如此专业，就像一本教科书。但我继续往下读。

"内观意味着看到事物的本质。它是自我观察、自我净化的过程。"

深入阅读，我了解到，每一位冥想者会从观察自然的呼吸开始集中精神。意识到自然的呼吸以后，便开始通过观察身心的变化，来练习内观冥想。据宣传册上说，内观冥想不仅仅是为了集中精神，还为了得到完全的超脱和觉悟。

我想："哇，这不是在混时间。"在我的想象中，冥想课程更像是一趟温泉之旅：漫步在林间，吃最好的食物，参加一些讲座，有自由的时间进行写作和艺术创作。

不，十日冥想课程不是这样。它要求不能说话、阅读、写作，不能穿暴露的衣服，不能有手势交流或外部沟通，不能有音乐、照相机、录音机，不能焚香、数念珠，不能有气味浓烈的肥皂或洗涤剂、油墨，不能诵读祷文、歌唱或跳舞。

我大声朗读这一长串注意事项，然后扭头看着递给我宣传册的女孩，开玩笑地说："那还剩什么？"

她笑着说："冥想。"

我又看了看宣传册。上面显示报到地点在城里，不太远。但是我看到课程安排：除了短暂的休息和饮食时间，以及听从自然的召唤和个人卫生之外，从凌晨4点半到晚上9点半，唯一的计划活动是冥想。然后熄灯。

我说："听起来很紧张。"

"我知道，"她说，"就像在喜马拉雅山上行走18天，爬到海拔5000米的地方一样困难，但是值得一试，结果一定超乎想象。"

在玛囊县待了几晚后，我们去了陀龙山口大本营，并在那里住了一晚。第二天凌晨4点，我们醒来，为接下来的长途跋涉做准备。

陀龙山口只能允许集体通过，因此，我们与一个加拿大女子以及几个英国人结成一伙。我和Su Nim按自己的步调缓慢行走，知道其他人在我们前面一小段距离就安心了。罗摩仍然跟着我们。

大约攀登了一小时以后，土地变得非常贫瘠，我感觉好像在月球表面行走。在这种高海拔地区，没有任何东西生长。空气越来越稀薄，有时连呼吸都困难。

我们在旅行指南上留意过高原反应的迹象，因为它可以毫无征兆地发生。即便你有三项全能运动员的体魄，仍然会受到影响。有时连动物也扛不过去。我们见过这种情况，就在山口顶峰附近，我们偶然发现了一匹死马。这当然不是一次普通的徒步旅行。

当我们气喘吁吁地到达山口顶峰时，我想 Su Nim 也没能避免：在离顶峰大约 1 英里处，他的脸色发青。

我说："没事吧？你看起来不太好。"

他承认："没事，只是难以呼吸。"

"也许我们应该回去。"

他喘息着说："不，我很快就没事了。我们继续吧。我不想回头。我们就要到达顶峰了。"

"他需要下到较低的地方，"罗摩说，"他有高原反应。"

Su Nim 向我们保证："没有，我真的觉得我很好。"

我很难相信他没事，但我还是背起 Su Nim 的包和我的小背包，一次一小步，继续向上攀登。

到达陀龙山口顶峰之后，不到 20 分钟，我们便开始下山。那个时候，Su Nim 看起来真的不太好，连走路都困难。我很害怕。在河里，我差点失去他，这是第二次。我想知道他能否扛过去。我们唯一能做的，就是一直往下走，保持稳定的步伐，不停歇。我们足足走了 3 小时，才到达足够低的地方，让 Su Nim 的呼吸恢复正常。直到那时，我们才休息片刻，补充水分。

我们再次脱离了困境。但我认为，在这次长途跋涉的过程中，我不能再冒险。幸运的是，我们已经迈过了所有难关。从这里开始，全部是下坡路。

回到加德满都拥挤的街道上，在商贩和人力车夫中间，我惊讶地发现在长途跋涉时遇见的一个女孩。她告诉我们，她的朋友即将搭乘卡车去参加冥想课程，也就是我们听说的十日冥想课程。

当听她提及的时候，一种熟悉的感觉顿时涌上心头，就像救生员告诉我她要去韩国时的那种感觉，就像我第一次知道这个和尚即将成为我丈夫时的那种感觉。

我和 Su Nim 对望了一眼，还没来得及思考，我们便跑步穿过加德满都拥挤的街道，回到宾馆，告诉服务员，我们至少 12 天不需要房间。我们将一堆衣服疯狂地扔进更小的背包里，并让酒店替我们保管剩下的行李。然后，我们跑到报到处，看看能否赶上卡车。

当我们到达时，几名助理坐在长桌子前面，面带微笑地询问我们的名字。

"我们没报名，但我们想参加。"

我真的不知道是怎么回事，因为这些课程很受欢迎，但我们仍有机会参加。卡车很快就要离开，可我们还没吃过任何东西。司机告诉我们，街对面有卖食物和水的地方。所以，我们在人力车和汽车之间拐来拐去，来到对面的街上。我们狼吞虎咽地吃了一些木豆菜和米饭，买了几瓶水，上了车。当卡车沿着崎岖不平的道路颠簸而行的时候，Su Nim 说："不要抱有任何期望。"

不要抱有期望。我以为自己已经领会了这一点。毕竟，我如何期望在一条泥土路上，在尼泊尔的牲畜运输车厢中，与扮成游客的和尚男友一起，朝十日冥想课程出发？

然而，我还是没有完全学会这一课。我的确抱有期望。

我想：“哇，十日无声冥想应该是神圣的。”尽管宣传册里描述了它的严格，但是，只要我闭上眼睛，双臂抱胸，心中就会出现这样的想法：我将进入完全平和的状态。我想：“所以规则才会严格一些。但是有谁在乎呢？我即将体验十日沉默的时光！”我推断：“此外，我所要做的，无外乎安静地坐着。经历了翻山过河的危险旅行之后，这将是轻而易举的事！”

然而，在课程开始后不久，我意识到宣传册省略了一些内容，或者我在某种程度上忽视了一些细节。我了解到：我们一天只能吃两顿饭；我们必须坐在水泥地的薄垫子上，长达12个小时；淋浴只有冷水，而且是从墙上的水龙头里喷出，貌似是给牲畜洗澡用的。我对于通往极乐世界的美好幻想很快就破灭了。

这里不是极乐世界。这里是训练营。

我一直抱有多么疯狂的想法（佛教徒称之为“猴子思维”）！这十日，我心神不宁。

这里男女隔离，我很想念Su Nim。我想知道他最近过得怎么样，可我们不能说话。我曾在一个小房间里瞥见他，所有外国人都在那里参加晚上的讲座。他听完佛法讲座中的一个笑话笑了起来，我很想悄悄地靠近他。但是，我必须独自一人完成这门课程。我是为了自己才来到这里，尽管我意识到“自己”充满了大量的垃圾，而在这门课程当中，内在的东西无处躲藏。愤怒、痛苦、欲望、倦怠，这些情绪我全都有。

长时间跪坐让我的膝盖承受了无尽的疼痛，我终于相信，这个静修中心是一个真正的酷刑室。但是，一切都是我咎由自取：来到这里是我自己的自由意志，在静修中心，没有任何人强迫我做任何事。我甚至无需以特定的姿势坐在那里。如果我真的愿意，我甚至可以在自己的房间里冥想。

忘记曾经攀登到世界上最高的山口。忘记曾经冒着生命危险，疯狂地趟过冰冷的河水。我发觉，要想穿越自己内心的山脉和河流，其难度远超过我经历的那些痛苦。这看似轻而易举的事情，却是我做过的最难的事。

在课程的第十天，我的目光首次与 Su Nim 相交。

他面带微笑，神采奕奕地说："我爱你。"

我回答："我也爱你。"我热泪盈眶，试图假装快乐。然后，我说："我们可以离开这里了吗？"

Su Nim 看穿了我的心，他知道我在这里并不快乐。那一刻，他给了我最温暖的微笑。在这段旅程中，他是我的守护神，是我的向导。他一直耐心地等待我睁开眼睛，最终看见真实的自己。

课程结束后，我们在加德满都度过了一段平静的时光。奇怪的是，我感觉如此轻松，如此安逸。起初，我以为是课程结束让我得到了解脱。可是后来，我发现不只于此。我意识到，这次静修就像是一次手术：全面检查自己的内在，去除如恶性肿瘤般溃烂的杂质。它是一次深入且疼痛的过程。

然而，这种安静与平和的感觉并没有持续多久：我们即将前往印度的瓦拉纳西。

在飞机上，我们遇到一位乘客。他在印度最神圣的城市——瓦拉纳西拥有一家属于自己的宾馆。他递给我们一张名片。“到了印度，你们必须当心，不能无意识地四处游荡，就像你们在尼泊尔时那样，”他提醒道，“在印度旅游不是件容易的事情，你们必须遵循当地的生活方式。”

我笑了笑，说：“谢谢你的好意。”我并没有多想，直到我们坐到人力车上。在熙熙攘攘的十字路口，汽车、鸡、骆驼、牛、乞丐、妇女和儿童、摩托车、人力车，四面八方地穿行。完全是一片混乱，我甚至看不见街道。这时，我的背包从人力车上掉了下去。

我喊道：“我的包！”

但是，人力车夫继续向前。Su Nim 拍了拍他的肩膀，说：“停车！我们的包掉下去了！”话音刚落，Su Nim 便跳下车，消失在街头。我们刚刚到达印度，他就被人群淹没了。

令人惊讶的是，Su Nim 最终捡回了包。人力车夫把我们拉到一排宾馆附近停下。当我们站在街上的时候，一群孩子走了过来，准备帮我们拿行李。他们一个拿我的水壶，一个拿 Su Nim 的包，一个拿我的包，还有一个拿我的夹克。我们想让他们知道，我们不需要任何帮助，但他们仍然执意这么做。

一个孩子喊道：“你们想去什么地方？”

我把宾馆主人的名片递给他。但是最后，他们并没有带我们去那里，而是把我们带到一个亲戚的旅馆，然后所有小孩都找我们要钱。我们给了每个小孩一些钱。对于这一点，我们并不在意，只要能有个休息的地方就好。

然而，我们房间的窗户正好对着一排酒吧，破旧的床垫上没有毛毯。走廊的蹲厕里到处是粪便。在我看来，这里就是一间牢房。

Su Nim 点燃熏香，取出睡袋，给充气枕头充气。看起来稍微好一些了。即使是地牢，他也能把它变漂亮。

我们躺在那里，彼此拥抱。我哭了起来。我想在某个地方安定下来。我厌倦了旅行。他抚摸着我额前的头发，说：“一切都会好的。我们不必待在这里。”他的卡式录音机播放着轻柔的音乐，房间里弥漫着熏香的气味。大约 1 小时后，我睡着了。

第二天早上，我们在黎明时分醒来，然后沿着通往恒河的鹅卵石路漫步。一个 12 岁的男孩把我们带到他的小船上，领着我们去恒河看日出。

此刻，我们在地球上最神圣的地方，可我却被吓到了。垃圾漂浮在水面，孩子们在河边的阶梯上排便，妇女们在浑浊的水里洗衣服、刷牙，不远处有骨骸在焚烧。（在印度，那些负担不起火葬的人们，会将骨灰或骨骸扔进恒河，以此作为纪念和祝福。）

在这些恐怖的场景中，有一些瑜伽修行者和苦行僧（流浪的圣民）正在吟唱最美妙的圣歌。他们盘腿而坐，一脸平静地冥想静思。混沌之中，尽显通透。这条河虽然风平浪静，但日出的时刻却是激动人心的。

我们花了一天的时间，从瓦拉纳西逛到鹿野苑——释迦牟尼讲解佛法的地方。在整段旅途中，我不得不闭上眼睛：街上太过热闹，令人目不暇接。到达鹿野苑的时候，我几乎要崩溃了。休息了大半个钟头，我才缓过劲来，享受这一片宁静之地。

我们在印度的最后几站，包括泰姬陵的所在地——阿格拉。当我们到达那里的时候，我彻底崩溃。我们错过了原计划的火车，只买到另一趟无座的火车票，所以只能连夜站到那里。我们睡在地上，周围全是鸡和行李箱，最后还莫名其妙地下错了站。三更半夜，我们被丢在一个十分破烂的火车站。人们都盯着我们看，好像我们是外星人一样。我们找不到一个会说英语的人。最后，一名男子说：“你们要去阿格拉？那趟车到阿格拉，不过现在就开了。你们最好快点。”为了赶上火车，我们跑着穿过了三条轨道。我们怎么知道它真的到阿格拉？但是话又说回来，我们还有别的选择吗？

火车上一片漆黑，没有窗户，只有门闩。这绝对是一列三等火车。有人点着打火机，我们找到一个座位，然后我俩都挤了进去。火车开动了，我们祈祷它开往正确的方向。Su Nim 问点着打火机的那名男子："这是开往阿格拉的火车吗？"男子一脸茫然地看着我们。当第一束光出现时，列车员来收钱，我们这才知道，下一站就是阿格拉。

太阳在泰姬陵上空升起，我们乘坐人力车来到附近的一家酒店。Su Nim 去办理入住手续，而我则瘫倒在大厅的沙发上。我们跟随一名印度人上楼看了看房间，然后回到大厅取钥匙。这时，Su Nim 发现，之前塞在背包顶部的钱袋不见了。我在大厅里厉声斥责他。

"在印度必须当心！你不记得飞机上那个家伙说过什么吗？"

但是，已经太迟了。整个酒店的员工都表示，对钱袋丢失一事一无所知。Su Nim 所有的钱，所有旅行支票，以及回韩国的飞机票都没了。还好 Su Nim 的护照放在我的钱袋里。我们万分沮丧，但当时已经累坏了，不想再找另一家酒店，于是，我们住进了房间。

接下来的两天，我一直在拉肚子。

我患了阿米巴痢疾，吃什么都拉肚子，就连喝汤也不行。在这两天当中，我瘦了十几磅。我鼓励 Su Nim 出去呼吸一些新鲜空气。他决定与一个英国人去喝印度奶昔——一种美味的酸奶饮料。回来时，他欣喜若狂。

我问道："你没事吧？"我的肚子仍在疼痛。

他说："没事，但我感觉不可思议。"

我挖苦他："噢？你今天吃了什么？或许和它有关。"如果某个人确实"感觉不可思议"，一定是因为他吃了什么东西。

他说："我喝了一种特别的奶昔。"

我扭过头去，用疑惑的目光看着他：“嗯，这种奶昔上面没有额外的水果。你知道的。”

他说：“你是什么意思？”

“我觉得，他们在上面撒了大麻。”

他试图找到重点：“撒了什么？”

“嗯……它就像药性不太强的大麻。”

他把手放在脑袋上，咯咯地笑起来。还没等我反应过来，他就已经翻过身去，呼呼大睡。最后，我也睡了一会儿。第二天早上，我感觉身体恢复大半，足以前往泰姬陵了。

我想永远待在泰姬陵。在喧嚣的城市中，这里是一片绿洲。我们在入口处脱掉鞋子，赤脚走在冰凉的白色大理石上，如同一阵轻柔的微风拂面。我靠着一面墙坐下来，闭上眼睛，开始冥想。

起初，我的心中充满疑问。我还记得如何冥想吗？我已经忘了在尼泊尔学到的一切吗？我忘了如何观察自己的内在吗？我是否听从了飞机上那个人的建议？我真的意识到自己是在印度吗？

所有的一切都已褪去，所有的一切都已改变。现在，我在这里，在世界七大奇观之一的泰姬陵。我完全活在当下。

我下意识地深吸了一口气，让它从鼻子进入肺，然后将其慢慢呼出。我感觉太阳的光和热进入了我的身体，并在体内扩展。当我呼气时，太阳的光也随之呼出，向四面八方蔓延，回到它原来的地方。熏香的气味，圣地周围吟唱圣歌的声音，赤脚走在地上的啪嗒声，所有的一切都是我的真实体验。**万物都蕴于此刻之中。**

回想起在韩国的寺庙里，我一直努力学习冥想，是 Su Nim 让我第一次真正地了解它。虽然我知道他的话是对的，可我并不放心，因为我不确定下一秒到底会发生什么。我想知道，我和 Su Nim 将来会怎样。我急切地渴望寻找到有关幸福、宁静和极乐的宝藏。

然而现在，我意识到，这段旅程的每一片刻都是重要的，即便在某些时刻，我充满疲劳、恐惧或痛苦。大多数时候，Su Nim 都在我身边。我很感激有他的陪伴，但他不能代替我克服心理和身体上的不适感。我们在一起，却又各自分离，我们每个人都在用自己的心体验这一段旅程。我知道，旅行结束后，我想和 Su Nim 在一起。但是我也知道，对于我和我的人生方向，仍有很多问题需要解决。

在旅行的最后时刻，我独自在曼谷机场待了许久。Su Nim 已经乘坐飞机返回韩国。我打算先回华盛顿待几个月，看望家人和朋友，然后再回到韩国，还是在那所学校，从事另一阶段的教学工作。我在等候区找到一处安静的地方，拿出日记本，写下这样的一封信：

亲爱的 Su Nim：

你好！此刻我正在曼谷机场，准备飞往洛杉矶，然后去西雅图。我将在这架飞机上坐很长一段时间。不管怎样，我很好。你好吗？我希望你一路顺风地回到韩国。和你在一起的旅行时光非常美好，尽管有时我会生气或者脾气不好。或许寺庙里的征兆是对的。总之，如果打扰到你，我感到很抱歉。我知道，我需要更加心平气和一些，而你已经完全做到了。我希望我也能做到这一点，更平和，更轻松一些。你是一位非常好的旅行伙伴。

我不知道我的未来会怎样。有时候，我觉得应该为生活制订一个伟大的计划，但我知道，这并不重要。有时候，我想永远和你在一起，可我不知道我的人生会怎样，你的人生又会怎样。我想在生活中找到答案，可是一无所获。此时此刻……此时此刻。无论如何，我希望你能在我的生命中多停留一秒。你已经改变了我的生活。我终于明白，你的存在对我来说如此重要。

爱你的，

凯瑟琳

1996 年 11 月 23 日

我知道，Su Nim 出现在我的生命中，一定是有原因的。或许，他是来告诉我，生活就是正在发生的事情，我们除了待在原地，无处可去。拥有此刻，便已足够。

第五课：

能快乐地单身，才能快乐地相爱

单独，意味着“全部”。

——李晟允（Seong Yoon Lee）

到了2月，我再次回到庆州。Su Nim在附近镇上的一座寺庙定居下来。

在韩国，我们的情侣身份又一次面临挑战。我们不得不精心策划每一次的约会。我们躲在电影院里。人们为了摆脱拥挤的生活，都在那儿看电影。我们藏在公园的树丛后面。这样并不容易，我也不确定自己能和一个和尚偷偷摸摸地交往多久。它在挑战我的良知。

整个春天和夏天，我们都是以这种方式生活。但到了秋天，Su Nim离开了。他与一位僧侣朋友去印度朝圣。我相信，他是为了忘记我。我知道他很矛盾，他认为自己必须在寺庙和我之间做出选择。Su Nim是曹溪宗[1]僧人，这个宗派里的和尚都不能结婚，而且必须过上彻底的禁欲生活。很显然，如果一直偷偷以两种截然不同的方式生活，那么，无论对他还是对我，都会造成很深的伤害。

可我如何能够期望他做出选择呢？毕竟，我俩都处在20多岁的年纪。虽然我们很快乐，很相爱，但是，要对整个未来做出选择，似乎有些为时过早。就拿我来说，我仍然在寻找自己的人生目标。

1　曹溪宗，韩国最大的佛教宗派，源自禅宗六祖惠能，拥有1200年以上的传承。

另外，据我所知，Su Nim 只是一名普通僧侣。他没有其他工作技能。和尚能从事什么样的职业呢？面对如此不确定的事情，你又如何能够放弃所有呢？

尽管 Su Nim 已经违反了禁欲的规定，但他还没有还俗的打算。尽管师兄弟们可能已经猜到发生了什么，但是并没有人监督他，或者要求他放弃修行。真正的问题不在于佛门，而在于他自己的良知。

Su Nim 出家时年仅 19 岁。当朋友们都在为将来成为医生或律师而学习时，他却对这样的追求不感兴趣。他在寻找自由。

他的父母因为感情不和而离异。自此之后，他由祖父母抚养长大。他总在思考，如何避免因家庭纷争与冲突关系带来的负面影响。在大学学习佛教的时候，他很肯定，自己读过的所有经文都在指引他朝冥想的方向前行。大二那年，寒假结束返校，他在中途看望了他的叔叔。当天晚上，他在车站准备买票回学校时，心中忽然有一个声音说："那里不是你要去的地方。"

因此，他买了一张前往松广寺的车票。他不知道自己到底怎么了。那不是他的想法，反倒像是有人替他做出的决定。

有些人一旦做了决定，绝不会轻易回头。Su Nim 就是这样的人。他甚至没让家里人知道他当了和尚。他的家人只是习惯了这个事实：他很少与他们联系。因此，他们并不知道，这么长时间以来，Su Nim 没有在大学图书馆里学习，而是在一座偏僻的寺庙中修行。

一天下午，他祖母的一个朋友正在看佛教频道。她的牙齿都快掉光了，只能吃斋。当她在电视上看到 Su Nim 穿着灰色长袍，逐步演示如何给寺庙做饭时，她喊道：“我要死了！”她难以置信地盯着屏幕，并打电话告诉他的祖母。

“你的孙子在电视上做饭！”

祖母打开电视，瘫坐在扶手椅上。没错，就是他——拥有美好的前程，被寄予厚望的她的孙子，正在小心翼翼地淘米，将它们倒入锅里煮。她完全无法相信自己的眼睛。第二天，她把全家人召集到一起，然后直奔寺庙。她要亲自证实，她所看到的不过是一种错觉。

一到寺庙，她便冲进庭院，开始疯狂搜寻 Su Nim 的身影。她一无所获，这才松了一口气。但是，突然间，她看到 Su Nim 从一座建筑里走了出来。他的光头在阳光下闪闪发亮，他的灰色长袍在身后轻轻摆动。

祖母当场晕倒。

她花了好几年的时间，才接受孙子的决定。对她来说，这个孙子如同她的儿子一样。几年后，她去世了，我甚至没有机会见她一面。（毫无疑问，倘若我们有机会见面，她一定会再次晕倒。）

Su Nim 出家的愿望如此强烈，以至于他愿意为此放弃与家人的关系。一个命中注定属于寺庙的和尚，如何能够为了一个女人放弃自己的决定呢？再说，他当时已经给家人带来了伤害，他又如何能够把这个坏消息告诉家人，对他们说他现在有一个美国女朋友，然后再一次地伤害他们呢？我相信，他一定无法承受所有这些问题。在这件事情上，消失比选择更容易。

Su Nim 离开后，我决定回华盛顿，暂时远离亚洲的生活。我告诉学校，我会在 1 月返回。Su Nim 曾答应给我写信。然而，在这三个月里，我没有收到他的任何只言片语。一天，我在邮箱里发现一张皱巴巴的明信片，寄出的日期是 12 月 12 日，上面写着：

嗨，你好吗？此刻，我在比哈尔邦的王舍城。昨天这里发生了一场暴乱和枪击事件。但是，我很好。

爱你的，Su Nim

我想象着他走在街上，灰色长袍在身后飘拂，一颗子弹从耳畔擦过。他设法平安地离开了王舍城，然而，当我再次收到他的来信时，已经到了第二年春天。

印度局势陷入不稳定状态，在与 Su Nim 失去联络的这段日子里，我不知该如何是好。我在家待了六个月，比原计划多出三个月。一场金融危机席卷韩国，我所在的学校已不复存在了。华盛顿的就业机会也很少，最后，我在母亲家附近的一家咖啡店里找到了一份工作。

在那里工作是一件非常尴尬的事。我上高中时认识的一些人，一些不想再见面的人，经常会出现在这家咖啡店。有一次，我系着围裙，正在擦桌子，忽然听见一个女人惊叫道：“你是凯瑟琳·詹金斯吗？高中毕业以后，你一直在这儿上班吗？”

我只是笑着回答：“不是。”

我绝望地离开家乡，到日本找了一份教学工作。再次回到亚洲教英语，是一个明智的决定。毕竟，我有英语教学经验，而且，在日本比在家乡和韩国的压力更小。离开 Su Nim 和韩国，我感觉心痛欲裂。然而，考虑到经济形势，韩国并不是一个好的选择。

在一个寒冷的 3 月天，我抵达日本仙台市。语言学校的校长——爱德华兹太太是一名日本人，她的丈夫是一名美国人。她与辛迪（我即将接手她的工作岗位）、彩子（办公室助理）在机场接我。

爱德华兹太太没有浪费任何时间。“嗨，旅途顺利吗？我们会带你到南仙台，再送你去学校，吃午饭，你可以看看教师公寓。辛迪搬出去之前，你就和我住在一起，好吗？”还没等我反应过来，我们已经走出机场，朝爱德华兹太太的车走去。

走出机场的一刹那，我才意识到自己穿得太过单薄。我立刻感觉到，我的脸和手都冻麻了。来自加拿大的辛迪，穿着一件厚厚的羽绒服，戴着手套、围巾和帽子，坐在前排。这还是在车里。我暗自想：“我带了厚衣服吗？顺便问一下，为什么车里感觉不到一丝热量？”

她们把我带到即将任教的两所学校看了看。这两所学校又小又旧，每间教室只够容纳我和十名学生。而且，室内与室外一样寒冷。我们呼出的气体都变成了白雾，我的手冰凉。

我用力地搓着双手，问道："这里有取暖器吗？"

爱德华兹太太指着地板上的一个煤油取暖器，说道："当然有。"

我暗想："稍等一下。日本不是高科技国家吗？我确定是在日本？不会来到了中世纪黑暗时代吧？"

午饭后，爱德华兹太太开车把我和辛迪送到规模更小的那所学校。我们走了好几个街区，才到达我即将入住的公寓。由于辛迪还要在这里住一个星期，在此期间，我将住在爱德华兹太太那儿。

这是辛迪离家后的第一段经历，但我还是想知道她是否喜欢这里。不过，我怀疑她非常想念家乡。因为我们在一起的大部分时间，她都在谈论回家之后打算做的每一件事情。当我们到达公寓时，我的怀疑得到了证实：她的行李箱躺在地板上——她已提前整整一周的时间，收拾好回家的行李。

公寓在一栋陈旧的金属楼里，房与房之间用推拉门隔开，比如：一道门将卧室与更小的客厅隔开，另一道推拉门将客厅与厨房隔开。浴室只能容纳一个人，但里面还有一个深塑料浴盆。唯一的热水流入盆里，它将成为我的避难所。

辛迪继续带我参观别的地方。我有些惊讶地问道："厨房里没有热水吗？"

"没有。要到盆里舀热水，再拿来洗碗。"

热水并不是唯一的问题。我还知道了，熬过冬天的唯一方法，就是将自己关在房间里，与古老的煤油取暖器相伴。点燃煤油取暖器时，它会发出“滴答滴答”的声音，随后会“嘭”的一下，突然开始冒火并冒烟。（更不用说，在这么近的距离吸入有毒气体会带来怎样的风险。）

我已经被这种生活情景吓坏了。的确，我去过很多地方，也经历过很多不适甚至可怕的情形，但我并没有长期住在某个地方，也没有在睡眠时吸入窒息性气体。我忽然发现自己很想念韩国的情侣旅馆，以及夜晚的卡拉 OK 陪唱女。

我问她：“你怎么换煤气？”

“换煤气的人一周来一次。你只需把煤气罐放在门廊前面，如果他们看见，就会将它灌满。然后，你把它搬进来，把充气管插在煤油取暖器上面的洞里，往里加气，直到这条线动了，就表示已经加满了。”

西雅图，我总是拿你不当回事儿。原谅我，请让我回去。

我与辛迪聊了一些工作琐事，最后，我开门见山地问道：

“你在这儿过得好吗？”

她回答道：“我一直期待离开这里。”

非常好。我也已经开始期待这件事，可我才刚来呀！

天色将晚，辛迪把我送回爱德华兹太太的家。与刚才待的那个鬼地方相比，她的家简直就是宫殿。但是，这里同样寒冷。

我想：“日本怎么这么冷？这是耐力测验吗？难道这个国家正面临能源短缺的问题？”我还是想不通。

我和爱德华兹太太坐下来喝茶聊天，而她只想谈论学校。没错，她是一个精力充沛的人。她小小的身体里蕴藏着大大的能量。她决定在一个晚上之内，把所有的工作细节都告诉我。

在我的想象中，日本女性应该是端庄而礼貌的。但爱德华兹夫人呢？她并非如此。或许她被美国丈夫西化了，因为她跳过客套话，直奔主题。在几秒钟内，我已经掌握了具体的细节，无一多余。然后，我听她说了许多教师的闲话。我相信，我的故事很快会被添加到她的剧本里。

没过多久，我就受不了了。我说："我想去看看书，然后睡觉。"

我终止了单方面的谈话。一时之间，她似乎很茫然，但她还是带我来到楼上的一间儿童房。房间里摆放着一张古老的木制床。

"这是我儿子的房间，但他们现在都住在美国。"

我想："这再正常不过了。"我瑟瑟发抖地看着角落里未点燃的煤油取暖器。即便到了我的房间，她仍在喋喋不休地谈论明天的工作计划。今天一天就已经够难应付了，我根本无心关注明天的计划。

最后，爱德华兹夫人离开了。我爬到冰冷的床垫上，盯着天花板，内心充满了迷惘与孤单。就这样，我慢慢地睡着了。

一周后，我搬到辛迪原来的公寓。Su Nim 依然杳无音信。我把自己的联系方式告诉了韩国的朋友，我想，这也许是唯一能让他找到我的方法。

与此同时，我继续努力生活。我心不在焉地听着关于教学计划和教材的说明，以及去哪里购买生活用品、如何从 A 点到达 B 点的温馨提示。我看似在日本开始了一份新工作和一段新生活，但我的心不在这里。我的心已随 Su Nim 而去。

但是，谁知道他的心在哪里，或者他的人在哪里？如果他回到韩国，发现我已离开，他会怎样？我不知道他是生是死，也不知道能否再见到他。我甚至不确定，他是否想要再见到我。当我购买生活用品、往加热器里注入煤油、用我见过的最原始的机器洗衣服、从浴室反复搬运热水、步行往返于任教的两所学校、用拖把擦洗地板，以及夜晚把自己关在房间里的时候，这些想法总是在我脑海里翻来覆去。

我很孤单。我在这里举目无亲。头几个月，我几乎每晚都彻夜难眠。我躺在床上，不停地问自己："我究竟来这里做什么？我为什么没和 Su Nim 在一起？"

事实证明，我的推断是对的：Su Nim 去印度是为了忘掉我。但是，他没有成功。

3 月中旬，Su Nim 一回到韩国，便开始疯狂地找我。他直接去了我曾经住的地方，却发现我已不在那里。幸运的是，他设法与我的朋友们取得了联系。朋友们告诉他我去了日本，并把我的电话号码给了他。

当他打来电话的时候，我正关在自己的房间里，在煤油取暖器旁边，一边吃午饭，一边目光空洞地看着前方。我拿起电话，里面静默无声。我知道是他。我觉得无法呼吸。我发誓，我能听到他的心跳。

终于，他难以置信地低声问道：“是凯瑟琳吗？”

“是的。Su Nim，是我。”泪水从我的脸颊上滚落下来。

他说：“我爱你。”

又一阵沉默。

“我也爱你。”

他告诉我，他买了一张飞往日本的机票，他需要马上见到我。他说，他已无法忍受没有我的日子，他明天就到东京。

次日，Su Nim抵达东京成田机场。除了身上那件长袍，他什么也没带。为了来东京，他向朋友们东拼西凑借了些钱。然而，当他到达东京的时候，才发现没钱坐高速列车去我那里。幸运的是，我的一个朋友之前见过Su Nim，朋友愿意到机场接他，并把他带到东京郊区的父母家住一晚。第二天，朋友带Su Nim出去吃饭，并给他买了一张去我那里（向北2小时车程）的火车票。

由于我正在上课，学校助理彩子答应去接他。

在日本，彩子是唯一一个知道我与Su Nim分离后有多痛苦的人。这一学期，爱德华兹夫人已经离开了，留下我和彩子共同管理两所学校。有时，我在一所学校上课，而彩子在另外一所学校上课。但我们会在午饭时间见面，并向对方汇报学校的情况。我在这里很孤单，因此，我向她倾诉了我与Su Nim的离别之苦。她很善良，也很冷淡。她总是听我诉苦，并且时不时地点点头，仿佛在说，她理解我的心情。但是，我很难分清楚，她是真的想听，还是只是出于礼貌。然而这一次，她所做的已经远远超过了她的职责：她答应去仙台站接 Su Nim，并把他带回我的公寓。

当他们到达公寓的时候，我已经打扫了卫生，往冰箱里填满了食物，换了衣服，梳了头发，在脑海中把我想对 Su Nim 说的话过了一遍。毕竟，我们已经 6 个月没见面了。我担心自己已经忘了他的样子，也不知是否还记得他的抚摸。我想过无数次我们再见面的情形，那些场景一直在我的脑海里，像放电影一样一遍一遍地播放。只是没想到的是，我们真的再见面了。

我听见车胎压过碎石的声音。一辆车停在卧室的推拉门外。我知道，是彩子和 Su Nim 到了。

彩子把他送到门口。当她看见我开门的时候，她轻轻地挥了挥手，然后微笑着转身离开。Su Nim 踏上台阶，走进玻璃推拉门。他进来时，我已经坐在榻榻米地板上了。一看见他，我的身体便开始颤抖。他俯身拥抱我。我们紧紧抱在一起。我再也抑制不住我的眼泪，它们唰唰地往下掉，顺着我的脸颊流个不停。Su Nim 看着我，同样抑制不住流泪。我从未见过他哭泣。而此刻，他放声大哭。他说，他曾试图忘记我，试图把我从他的记忆中抹去，但是，他做不到。他努力扑灭心中的爱情之火，但它愈燃愈烈。

可惜的是，日本政府只允许他在这里待两周。

在接下来的两周里，我们黏在彼此身边，只有当我上课时，我们才分开。在那段时间里，他决定脱下长袍，穿上普通的衣服。我们再次扮演游客的角色。在这里，没有人认识我。正如日本人称呼的那样，我们是外国人。

一天下午，我们到公寓后面两块稻田之间的高架路上骑车。我们一边踩踏板，一边伸出胳膊牵手。我们沿着这条路，一直骑到海边，然后把自行车停放在沙滩上。海滩空无一人。海浪轻轻地拍打着岸边。我抓起 Su Nim 的手，拉着他在岸边奔跑。后来，我们跑累了，便在沙地上依偎而坐，望着眼前的太平洋。

在无尽的海洋和空旷的海滩面前，我们再次独处，再次成为没有身份的无名氏。

那天晚上，我们回到房间，面对面地躺在床上。

我向他坦白："等你走后，我真不知道该怎么办。"

他承诺道："我很快就回来。"然后，他握住我的手，看着我的眼睛，意思是说，他理解我的心情。

在那之后，我再也没想过 Su Nim 即将离开的事实。我活在当下。和他在一起，我感到很快乐，同时也让我改变了对环境的态度。我开始看到身边的美好。一切事物似乎都变得明亮。我的感官也重新鲜活起来。

日本真是一个奇妙的地方。我们经常光顾的餐厅，食物很美味。市中心（我很少独自前往）充满生机，到处都是霓虹灯和人群。神社、佛寺和庭院都无比宁静，我们经常在那里冥想、休息，或者读书给对方听。

当我和Su Nim在一起的时候，连去超市购物都变成一件令人兴奋的事。我们漫步在走道上，把一件件看不懂的日本商品扔进购物车：豆豉、各种各样的海藻、外形奇特的海鲜。然后，我们手挽手回到公寓，准备一顿美味的晚餐。其他的夜晚，我们去唱卡拉OK，或者出去吃饭。最好的时光是在周末，我们乘坐JR列车和新干线（高速列车），到周边的温泉小镇，度过一段慵懒的时光。

有Su Nim在身边，我不害怕去任何地方，也不害怕尝试任何事情。

4个月之后的8月份，Su Nim遵守承诺，很快就回日本了，还是待了两周。2个月之后的10月份，他再次回来，又待了两周。

但是第二年，他没有来日本。

我的公寓门旁边，有一个信箱。自从10月份Su Nim离开后，我每天都迫不及待地回到公寓，查看信箱。这种期盼支撑我熬过四季。Su Nim不在我身边的日子里，时光如同蜗牛踱步一样缓慢。每当我骑着自行车经过麦田的时候，我几乎能感受到麦秆正在一天天地长高。

到11月下旬，这些谷物被收割。曾经美丽的稻田现在变得荒芜，久未耕种，一成不变，就像无法愈合的伤口。

到了12月，土地结冰。我骑着自行车经过这条道路，心中不再有快乐，只觉得刺骨寒冷。

在缓慢流逝的时间里，只有当我收到Su Nim寄来的信件时，我才觉得自己并不孤单。Su Nim曾经对我说过，“单独”这个词实际上意味着“全部”。无论我们在哪里生活都没有关系，因为我们都在经历四季的变化。但是，我却无法体会“全部”。有时候，我可以活在当下。我感受到自行车道的风向转变，或者雨水抚摸我的皮肤。我知道自己不是唯一一个能感受到这些事物的人。然而，在大多数时候，当我收到一封新的来信，兴奋感逐渐减退的时候，我感到孤独。

每天下午3点，我利用课间时间骑车回家时，总会向我的邻居问好。他的花园就在我住的公寓后面，他大部分时间都待在那里。春天，他在花园里采花或者修剪灌木；夏天，他端着一杯凉茶，坐在一棵松树的树荫下；秋天，他在扫落叶；冬天，他在扫雪。

每当我看见他的时候，我就会跟他打招呼：“你好！”

他总是停下手中的工作，冲我微笑、鞠躬，然后回答道：“啊，你好！”

我们的对话仅限于此。虽然我正在学习日语，但我并无信心进行一场完整的对话，而且，我也没这个欲望。我来日本，不是为了建立一些持久的友谊，而是为了谋生、学会独立。至少当时我是这么认为的。

显然，我完全没有学会独立，因为我总是迫不及待地想看看，是否有Su Nim的新消息。我把自行车停靠在公寓旁边，然后闭上眼睛，试着想象信箱的混凝土底板上有一封信。然而，在绝大部分时间，那里什么也没有。

在没有收到来信的日子里，我给自己倒上一杯茶，独自坐在餐桌面前，茫然地望着窗外或前方。

当我收到来信的时候，就好像收到了每月的口粮。我打开信封，先将信的内容快速浏览一遍，然后再倒回去，一字一句地读。然而有的时候，一连几个月都毫无音讯，让我感觉我们似乎已经分手了。

我仍然希望并祈祷有他的来信，但我开始顺其自然。我们通电话的次数不多，因为Su Nim现在居住的寺庙位置偏远。然而，只要他打来电话，我就控制不住所有的情绪，任由它们如潮水般涌出。通常，我们的电话都是以眼泪收场，或者还有更多的话想说，最后只能以书面形式继续。正如1998年4月27日的这封信：

亲爱的凯瑟琳：

给你打完电话后，我想了很多。我不知道自己该做些什么。凯瑟琳爱我，我也爱凯瑟琳。可我是和尚。这真叫人左右为难。无论如何，我必须做出决定。你曾说过，我们不能再躲避对方，不能再像现在这样生活。如果我脱下僧袍，成为一名普通人，去找工作、赚钱等等，会如何？……事实上，我很害怕这个假设，我也会感到内疚。我真的不知道该怎么办。不管怎样，我如此爱你。我相信，在我的生命中，不会遇到第二个像你这样的人。你是我的一切。同样，在我心里，我还想继续过僧侣生活。你想知道我的答案，我也想知道我的答案。但是，我没有答案。

以及1998年5月6日，我的回复：

亲爱的Su Nim：

嗨，你好吗？今天，我收到你的来信，我不想太打扰你。对不起，我在电话里哭了。我希望你能好好地冥想。我知道自己不该给你寄太多信，但是，3个月不能跟你说话，实在太难了。等你结束冥想的时候，应该到了8月。一年之中，我只与你相聚了10日。对于我来说，我们之间的爱情是最重要的。在我心中，没有任何疑问，也没有任何答案。唯一存在于我心里的是Su Nim，我想和Su Nim在一起。这就是我的答案。但是，我不是你唯一的答案。我必须为你考虑，对你来说，什么最重要？

这封信，我没有署名，甚至没有寄出。我把它放在Su Nim的一堆来信中。我不知道最后是否寄出过类似的信件。我真的不记得了。但它们的确是我内心的想法和感受。

我知道，没有我的日子，Su Nim也不好过。最难的是第二年夏天，我们彼此分离。他在韩国的东北地区——江原道山区，在一名农夫种植粮食和蔬菜的棚子里独自冥想。他去了几天，没见到一个人。农夫的妻子每隔两周为他准备一些食物。那名农夫住在下面的山谷，他会将这些食物送上山。经历3个月的隐居生活之后，Su Nim决定，是时候徒步下山，回到现代文明了。

他到农夫家的那一天，接到一个师兄弟打来的电话。师兄弟告诉他，爱他如亲儿一般的祖母刚刚过世了。当他听到这个消息时，整个人僵住了，用嘶哑的声音说：“我知道了……谢谢你。”他挂了电话，倒在地上，号啕大哭。

农夫的妻子看见他如此悲痛，不知该如何安慰他。她跪拜了一下，开始削土豆。不到30分钟，她为Su Nim做好了土豆煎饼。

盘里的这道食物饱含关切之情，立刻给他带来了安慰。他意识到，尽管失去了祖母，世上仍然有爱存在。几天后，他静悄悄地返回家乡参加葬礼。他错过了火葬仪式，但他主持了葬礼上吟诵佛经的仪式。在他的和尚生涯中，像这样的仪式，他参加过很多次。但是，唯有他挚爱的祖母的葬礼，才令他如此痛彻心扉。

不久之后，他的祖父去世了，或许是因为失去了终身伴侣心碎而终。当Su Nim主持祖父的火葬仪式时，他再度陷入极度悲伤之中。他吟唱佛经并清洗祖父的遗体时，家人们在后面恸哭。他试图保持冷静，因为他要主持整个过程。

其他家人互相握手安慰，没有人握住Su Nim的手，并安慰他。他打电话给数百英里之外的我，失去了最关心他的两位家人，他如此悲痛。而我，身在另一个完全不同的国家，无力为他做任何事。

直到今天，我也不知道当初自己为何没有收拾行囊回韩国。也许是因为害怕回去后仍然无法与他在一起。在日本，没有他的日子是如此痛苦，可我知道，在韩国，没有他的日子会更加难过。

我再也无法忍受这种孤独感，于是，我在英语课堂上结识了一位日本人，并且最终和他约会。我原以为这么做会带走我的痛苦，没想到适得其反。所以，我们最后分手了。那个时候，Su Nim 住在首尔，终于拥有一部电话。我把那个男人的事情告诉了他。

"对不起。"我哭了，心里非常内疚。

"不，是我的错。我离你太远了。别担心，我们一定会解决这个问题的。"他承诺。

我也想解决这个问题，但是我曾向爱德华兹夫人承诺过，我会在日本待满两年。我知道，如果能够坚持下来，我便会活在当下，体验当下，而不是活在我期待的地方。我意识到，尽管我继续欢迎 Su Nim 的来电和来信，但我已停止等待。**我已停止把自己的快乐与我们之间的交往联系在一起。生活是正在发生的事情，而我正在错过它。**

所以，在日本的第二年，我很忙。

我加入了健身房，开始跟一位家庭教师学习日语，攀登富士山。

经历这一切后，我继续保持每日的冥想练习，并在京都市的一个冥想中心度过了我的假期。在为期十日的课程中，我再次体验了一番完整的觉悟（哪怕只是暂时的）：我是万物的一部分。接着，我便明白了，我并没有和 Su Nim 分离，因为他也是万物的一部分。

父母和我最好的朋友莉娜的来访，也对我有所帮助。扮演导游角色是一剂良药：我意识到，我不能就这么在日本浪费时日。我正在进步。刚来这里的时候，我害怕做任何事情。但是现在，我能在日本给酒店打电话，预订房间。我能搞定各种火车系统、菜单，以及值得游览的胜景。

我也在交朋友。我开始和米娜（学校的新助理），还有学生们出去玩。我仍然不知道，我和 Su Nim 之间会发生些什么，但是至少我活出了全新的自己。在这么长的时间里，我一叶障目，不见泰山。我一直不敢发现身边的美好。

一天，当我看见公寓后面的那位老人时，我终于鼓起勇气，对他说出了“你好”之外的话。那个时候，他正在花园里采花，我勇敢地大声喊道：“今天的天气真不错！”他回答道：“是的！天气不错！”然后，他突然从栅栏上面递给我一束刚采的鲜花。

在那一刻，我终于对老人打开话匣。他的动作深深地触动了我，打开了我的心门。在日本的大部分时间里，我一直拒绝心与心的交流。我的世界一片黑暗，因为我不愿接受自己所处的环境。我意识到，拥有幸福感和爱的能力并不依赖于人、地点或者环境，而是取决于自己是否愿意接纳事物。正如 Su Nim 描述农夫妻子和土豆煎饼带给他的感悟：我们永远不会真正孤独，因为爱就在我们周围。如果能够意识到这一点，我们在任何时候都可以发现爱。

第六课：

知道何时该放手

如果你爱一个人，请给他自由。

——理查德·巴赫[1]

3 月，我回到韩国。

我简直无法相信：当我学会享受自己的世界，Su Nim 就回到了我的生活。在日本的最后一段日子里，我们下定决心重新在一起。我们结束了长距离恋爱。但是，这次在韩国只是短暂停留。我们打算前往美国。

对于我们的情侣关系来说，这是一次质的飞跃。对于 Su Nim 来说更是如此，因为他将首次与我的大家庭见面。我妹妹准备在 4 月结婚，届时，所有家人都会去田纳西州参加她的婚礼。

离开首尔的时候，我发现 Su Nim 穿着长袍在车站等我。我走过其他人身边，直接投入他的怀抱。我甚至不介意人们看我们拥抱。我只是很高兴见到他。

在乘坐公共汽车去机场的路上，Su Nim 问我，两年后再次回到韩国是什么感觉。

“这次感觉特别不同，”我说，“我也不知道为什么。”

“因为我们的心态不同了，”他说，“你不一样了，我也不一样

1 理查德·巴赫（Richard Bach），美国飞行员，作家，行吟诗人。

了。我们都变了。”

我相信他说得对。事实上，他的这番话犹如救生筏一般，让我得以在未知的海洋里遨游。当司机关掉车厢里的灯时，Su Nim 伸出手来，握住我的手。我的心里充满了温暖，我是如此想念他的触摸。一路上，我只想坐在那里，安静地享受这份感觉。

为了庆祝我们的重聚，我们提前在凯悦酒店预订了几晚的房间，Su Nim 已经办理了入住手续。我们进入大厅，一起来到电梯口，似乎没有人在意他穿着长袍。总之，我也不再对此事感到焦虑不安。在从前的日子里，我们似乎太过在意他人的想法。

当我们到达房间，Su Nim 开始洗澡。他脱掉我的旅行装，吻了我，然后，他脱光自己的衣服。他走进热水中，坐下来，背靠着浴缸。我紧随其后，在他的双腿间坐下来，靠在他的胸口。

他在热水中抱着我，说："我爱你。"

我无法回答，因为我已经哭了。

"一切都会好的，"他保证，"现在，你已经做到了。我们在一起了。"

我们继续安静地泡在水里。过了片刻，Su Nim 走出浴缸，拿了两条大浴巾。他用一条浴巾裹住自己，用另一条擦干我的身体。随后，他用浴巾裹住我，拥抱我。我们躺到床上，握着彼此的手。我能听见自己呼吸的声音，热水滴落在浴缸里的声音，还能听见 Su Nim 的手表滴答走动的声音。我看着他深邃的目光，然后慢慢打量他的脸，回忆起我想念的一切：他的棕色皮肤，他的光头，他温暖的微笑。我想让时间冻结在这一刻。

终于，他吻了我。我闭上眼睛，顺其自然。在沉默中，我们的身体紧贴在一起，我又一次回到那个无我的地方。分不出哪里是我，哪里是他。我只知道，这里充满爱的能量。

在西雅图机场，母亲看见我穿着一身飘逸的红色韩服（裙子和剪裁讲究的短上衣），我的男朋友穿着一身灰色长袍，她感到很吃惊。（或许机场里其他的美国人更好奇，但我不在乎。因为这里是我的家乡，我想穿什么便穿什么。我也鼓励 Su Nim 这么做。）来美国之前，我在首尔的一个传统社区得到了这件漂亮的韩服。它由手工染色的绗缝织物制作而成。

我在亚洲生活了近 5 年。虽然经常回家度假，但我似乎更习惯亚洲的生活。在美国，首先让我感到不适应的是：一切事物都很巨大。西雅图的树木很巨大，房子看起来像宫殿，马路很宽阔，有运动空间。而在亚洲，我习惯了狭小的房间：如同蜂窝一样紧凑的混凝土公寓，拥挤的交通和人群。

如果连经常回家度假的我都感到如此震惊，我实在无法想象 Su Nim 是什么感觉。在回我母亲家的路上，他只是盯着车窗外的所有景象，一言不发。

经历长途飞行后，我们已经筋疲力尽了。我的母亲不知该如何安排睡觉的房间。因此，她在一间房里准备了一张床垫，在另一间房里准备了一张双人床。但是，当我们准备睡觉的时候，她转过头来，对我们说："哎呀，要不然你俩住一间房吧。"

于是，我们一起睡在我童年的房间里。书架上，摆放着我的高中纪念册，还有几张带相框的照片。一张是我穿着女童子军制服的照片，一张是过圣诞节的家庭照，还有几张是家庭旅行照。Su Nim 把它们一一拿在手中，仔细欣赏。

最后，他说道："你看起来拥有一个美好的童年。"

Su Nim 没有这么幸运。他在统营长大，由祖父母抚养成人。统营是位于朝鲜半岛南端的一个小渔村。他们祖孙三人共用一间卧室。与街坊邻居们相比，我母亲的房子很普通。但是对他而言，却是富丽堂皇的。

事实上，在 Su Nim 看来，我童年的床铺又大又高，以至于他很害怕自己会掉到地上。（在韩国，大多数人睡在离地面很低的床上，或是睡在榻榻米上。）我亲吻他，并说道："别担心，你不会掉下去的。我会整夜抱着你。"我们躺在舒适的床单上，几分钟后，我们便睡着了。然而，当我早上醒来时，却发现他睡在卧室的地板上，甚至没有盖一条毛毯。

尽管 Su Nim 有时差反应和新鲜感，可他还是很勇敢。他愿意入乡随俗，愿意尝试新事物，竭尽所能地与周围的人交流。我知道，他鼓起了极大的勇气，跟随我来到这里，并放弃自己熟悉的一切。

我也知道，Su Nim 一定考虑过：一旦跟随我来到美国，见到我全部的家人，就相当于他承诺娶我。

不得不承认，我真心希望这次探亲能以求婚收尾。当然了，睡在我童年的卧室、与我的家人出去玩、在我家附近散步、见我的朋友，尝试过所有这些事情之后，他一定愿意永远脱下长袍，并且和我在一起，不是吗？别忘了，我的妹妹将在田纳西举行婚礼，或许婚礼的气氛也会感染我们……

我们一起待在美国的那段日子里，这些想法时常萦绕在我的脑海。然而，无论我何时提出这个话题，无论我多么微妙地试探，他总是刻意回避，或是找些其他话题来讨论。

事实上，为了确信我们在一起，我做了我能想到的一切。我想紧紧抓住这份爱。

在过去的几年中，我已经游遍了整个朝鲜半岛南部，对 Su Nim 的故乡也是相当了解。现在，轮到他了解我的故乡了。于是，我兴奋地带他四处参观。

但是，Su Nim 认为自己已经足够了解美国了，因为他看过很多西方的电影：人人手里一把枪，还有很多与性有关的东西。（谢谢你，好莱坞！）

他对美国的印象根深蒂固，虽然我尽了最大努力，却仍然难以撼动。有一次，我们决定沿着西海岸自驾游，到加利福尼亚州的夫勒斯诺市，参加为期十日的内观冥想课程。他向我询问沿途露营的计划。

“安全吗？”他问道。

“当然安全了，”我笑着说，“我们会在旷野中遇见很多快乐的露营者。”（仿佛守林人和瑜伽熊会在下一个营地出现。）我告诉他，我们将如何烤棉花糖，如何制作脆香米，如何在篝火旁唱歌，以及如何度过一段美好的时光。

我们的确做到了。我们在海岸边的原始露营地扎营，在篝火上煮食物，看日落，然后伴随帐篷外噼里啪啦的篝火声入睡。

一天夜晚，在回程的路上，我们在金门大桥旁边露营。当我醒来时，发现帐篷外有红灯闪烁。

我一边摇醒他，一边低声说：“Su Nim，快醒醒！我觉得外面有警察！”

我听见一名警官走近我们旁边的帐篷。他说：“你有权保持沉默。”

我透过帐篷门帘，看见两名警官把一个穿着邋遢的家伙戴上手铐押走。

“上帝啊！我们睡在一个罪犯身边！”我想，“他也许是银行劫匪，也许是儿童骚扰者，或者刽子手！”我的脑子一片混乱，我的心怦怦直跳。

“放轻松，一切都很好，”Su Nim困倦地说，“还记得你说过的话吗？我们是安全的。我们在一个家庭露营地。回去睡觉吧。”

他竟然改变了态度。

至于我，我决定只在露营地待这最后一晚。我给旧金山的一位朋友打电话，他同意让我们睡在沙发上。回华盛顿之前，我们在旧金山逛了很多地方：嬉皮区、渔人码头、唐人街。余下的路程，我们都住在旅馆。

回到我母亲家时，妹妹的婚期就快到了。大部分亲朋好友将第一次见到 Su Nim。我们到达田纳西州，在酒店入住后，妹妹和她未来的丈夫大卫来接我们。没想到婚礼派对的创意偏偏是激光枪战游戏。是的，这是 Su Nim 第一次与我妹妹，以及她未来的丈夫见面。我反复向 Su Nim 强调，美国的生活不像电影里的那样。可现在，我们却坐在这里：整个婚礼派对的座位两旁，都配备了一把激光枪和一件体感背心。

教练指示："那么，请大家穿上背心，扣好腰带。"我想知道 Su Nim 对此事的看法，但他只是在认真倾听。"现在，如果你想攻击对手，必须瞄准背心的这个位置进行射击。"教练一边讲解，一边指着自己的心脏。"如果这里变亮了，就表示你已击中目标。"

我的天啊！我只想脱掉背心，钻到桌子底下。

就在此时，教练发出信号，战斗开始了。我立刻躲到一块帷幕背后，等待游戏结束。我满心期待 Su Nim 会跟我一样。然而事与愿违，Su Nim 跳进战场，开始把我的亲朋好友一个个"消灭掉"。他做得很好，就像詹姆斯·邦德那样。

我被他的行为震惊了，但那天下午之后，Su Nim 明显赢得了每个人的心。

第二天，妹妹来酒店通知我们，她的单身女子派对将在附近的家庭餐厅举行。届时，Su Nim会与男孩们一同前往"猫头鹰"餐厅（美国著名连锁餐厅，服务员都是身着背心、热裤的年轻性感的女孩）。

我想："噢喔，再一次证明了电影并不是在开玩笑。"

Su Nim问道："'猫头鹰'是什么意思？"

我回答道："嗯，我们会让朋友们告诉你。"

于是，当我看见妹妹解开衣服，露出吊袜带和丁字裤时，Su Nim已经坐进一部车里，与两名打扮得像西部牛仔的男孩，一同去看猫头鹰女郎。但我很快就意识到，我应该心存感激：与美国大多数的单身派对相比，在"猫头鹰"餐厅吃鸡翅和喝啤酒已经是相当乏味平淡了的事情。

当Su Nim回到酒店，我问他是否玩得开心。

"开心，可我的期待不止于此，"他说，"她们不过是一些大胸女。有谁在乎呢？那和我在电影里看到的单身派对可不一样。"

次日，在婚礼仪式开始之前，我和家人们讨论，Su Nim会穿什么样的衣服来参加婚礼。我是伴娘之一，因此我的衣服已经预定好了。

我的母亲说："我认为，他会穿着僧袍来。"

我能想象到这样的画面。我妹妹那边（田纳西州的姻亲）一定会目瞪口呆。这是一场传统婚礼。人们都会穿传统服饰出席。焦点理应是新娘。但是，如果一名剃了光头、穿着僧袍的男子出现在婚礼上，会怎么样？虽然我鼓励 Su Nim 在美国随意穿着，可这次情况不同。这是我妹妹和她丈夫的婚礼。在喧闹的现场，我会穿一件维多利亚式舞会礼服出席，那是妹妹的要求。

“嗯，或许 Su Nim 可以穿上大卫带的衬衣，打上他的领带。”

当我提出这个想法时，妹妹松了一口气，并附和道：“是的，我相信 Su Nim 可以穿上他的衬衣和领带。他可能还带了另外一件短上衣。”

虽然上衣太大，把 Su Nim 的整个人都包裹进去了，但至少挽回了当天的场面。至少，他与现场氛围协调了几分。

婚礼仪式在一座古雅的小教堂里举行。婚宴设在一座美丽而古老的南方公馆，而且还邀请了一支旋转乐队。切蛋糕和抛花束的时候，乐队暂停演奏。你猜，最后谁抢到了花束？是的，你猜对了。但是，如果你相信抢到花束的象征意义，我真心希望婚宴上没那么多人跟我抢。（不知道是不是为了惩罚我这个想法，我被花束上的凸刺扎了一下，以至于在剩下的婚宴过程中，我的手指一直在流血。）

第二天，我们同我的父亲、我的继母一起，前往佛罗里达。我父亲是一位宽宏大量、天性善良的人。但是，我无法判断，父亲是否认定 Su Nim 就是与他的长女共度一生的那个人。尽管如此，父亲和继母还是带给我们一段美好时光。Su Nim 甚至找到一家韩国杂货店，并为我的四个家人准备了一份临别礼物。

我很高兴他有机会见到我的大多数家人，而且和他们相处得很好。我暗自希望，这意味着他已经做好准备和我在一起。

回到母亲的房子，我绞尽脑汁地想，我们如何才能一起留在美国。我无法忍受 Su Nim 离开我，回到韩国。我也不确定自己是否还想回亚洲生活。我给大使馆打电话，询问如何能够在美国结婚和定居的细节。

可是，Su Nim 总在为此而担心。毕竟，我们都没有工作，也没有太多存款。我们在美国怎么生活？尤其是 Su Nim 该怎么办？他以前从未拥有一份工作。这对他来说太难了。一天下午，我正在仔细查看让他留在我身边的计划，他说："似乎时机不对。我需要回到韩国。"

我的心像石头一样往下沉。我知道他的话有道理，但我还是下定决心执行自己的计划。经过几个小时的讨论，我们认为，我回韩国找工作比 Su Nim 留在美国找工作更容易一些。这是最可行的。但更重要的是，我知道他仍然很矛盾：他既不想放弃修行，又不想放弃我。

6 月初，Su Nim 离开美国，回到韩国。我立刻开始在那里找工作。我太过积极，以至于同时接到五所大学的任职邀请。我不得不从中做出选择。

最后，我选择了首尔附近的一所大学，心想：那里是韩国的首都，Su Nim 一定能在附近的寺庙里找到一份工作。在当时看来，这种想法似乎合情合理；现在回想起来，却觉得愚不可及。我再度将自己置于曾经拼命想要逃脱的境地，直接退回到与 Su Nim 分离的生活，整日躲躲藏藏，完全没有公开相爱的自由，每天过着六神无主的生活。

Su Nim 回到韩国时很沮丧，因为他无法留在美国养活我。我知道，他回归自己熟悉的生活中会更容易一些，即便那种生活令他伤心，令他不得不接受良知的挑战。

我在闷热的天气里抵达韩国。这一次，距离我初次来到这个国家已经五年之久。在 Su Nim 造访美国后，我原以为事情会有所不同。我原以为我们终究会解决这个问题，正如 Su Nim 过去承诺的那样。

然而，事实恰恰相反。为了能和我在一起，他已耗尽全力，仍然未能有效解决问题。他似乎正在放弃。

他没有到机场接我。事实上，此后一连好几周，我都没见到过他。在这段时间里，我已渐渐适应了新的工作和新的生活。后来，我们还是见了面，他说只能偶尔来看我。他在寺庙里有很多工作要做，因此大部分时间都很忙。我们见面时，他不想谈论我们的关系，只希望那一刻与我在一起。

一天晚上，我对他说："你住在寺院里，也不知道什么时候能看到我。这样难道不会影响你吗？我感觉我们还是在躲躲藏藏。"

他回答道："嗯，我现在就在这里，不是吗？我已经搬到首尔附近的寺院里了。我们现在在一起，这才是最重要的，不是吗？虽然我不知道何时才能再见面，但我知道，总有再见面的那一天。”

我说：“我只是觉得没有太大的改变。毕竟我们经历了种种，我原以为事情会有所不同。”

“没这么简单，凯瑟琳，”他说，“我能怎么办呢？我是和尚，这个事实不是那么容易改变的。”

我多么讨厌承认这一点。很显然，他没有完全准备好和我在一起。对于我们的关系，他摇摆不定，无法下定决心。在他看来，修行和我同等重要。但是，如果要在生活中二者兼顾，同样会给双方带来无尽的痛苦。

因此，我替他做出决定。由于他无法选择与和尚生涯断绝关系，我只好选择与他断绝关系，这是最简单的解决方法：我彻底跟他分手。

尽管放弃是如此痛苦，但我知道，这无疑是我们最好的选择：多年来，我和他一直被困在这种反复无常的相处模式中，我们需要而且应该获得自由。既然他不打算放弃，那就只好由我来做选择了。

如果 Su Nim 还是无动于衷，我必须让自己清醒地意识到：这段关系已经结束了。

一天，我在电话里告诉他：“听着，我不能再见你了。这样的生活实在太难了。”我害怕这些话当面说不出口。

我咬着嘴唇，试图忍住眼泪。我努力保持冷静和镇定，但我的心都快跳到嗓子眼了。我颤抖不已。

经过长时间的沉默后，他终于说道:“我懂了。我们能见面聊吗?”

“不，我们不能见面。我要走了。”然后，我挂断电话。

我知道，这或许不是最成熟的处理方式。但我也知道，此刻我将这段对话牢记于心，可一旦见面，我们之间的纠缠就永远不会结束。为了双方考虑，我必须变得强大起来。

我浑浑噩噩地度过了数周，整日精神恍惚，闷闷不乐。我想重新开始自己的生活，可是，自从与 Su Nim 分手后，我始终找不到在韩国生活的意义。

在那段艰难的日子里，我把所有精力投入内观冥想练习当中。当初，我和 Su Nim 在尼泊尔旅行的时候，初次接触到这种练习。而现在，我终于找到一个理由留在韩国:在这里进行系统的内观冥想练习。冥想让我再次找回自己。它给了我力量。它让我记住:自己的幸福最重要，我应该继续创造幸福。我需要有独立的能力，需要知道离开 Su Nim 后我是谁。尽管这个过程很痛苦，但我知道我必须这么做。

我意识到:即使困难重重，你也不能把爱情牢牢地抓在手心。你抓得越紧，它从你的指缝间流失得越多。这或许是我学过的最难的一课，但它却是真理:如果你真的爱一个人，就必须愿意放手，给他自由。只有这样，你才能得到解脱。

第七课：

向末知投降

心的道路是勇气的道路。
它意味着生活在不安定中，也意味着生活在爱与信任中，
还意味着迈向未知。

——奥修

你知道吗？一旦我彻底投降，放弃支配权，我的爱情就飞奔回我的生活。一旦他彻底自由，无需做出选择，他就明白了自己想要哪一种生活。

他穿着长袍，出现在我的公寓门口。他的肩上扛着一个旅行背包，里面装着他所有的财产。我意识到，他不是偶然路过来看我。

我终于学会了独立生活。但是现在，他站在我面前，我的身体开始颤抖。我害怕让他进来，可又不想将他拒之门外。

"我可以进来吗？"他问道。

我点了点头。

他把背包放下来，拥抱我，然后退后一步，看着我。我哭了。他为我擦掉脸上的泪水。我转身走进卧室，睡到床上。他小心翼翼地跟着我，平躺在我旁边。我们盯着天花板。

"我离开寺庙了，"他说，"我不会再回去。"

他第一次说这种话。他看起来很严肃，但我害怕回到从前的生活。这几年来，我们之间的关系时断时续、摇摆不定，我不知道是

否应该相信他。

我说："我怎么能确信呢？"

他什么也没说。过了很久，我喃喃地说："你准备做什么？"

他重新恢复热情，大声说："我可以在路边卖蔬菜和大米！"

我心想："哦，上帝！"我想象自己打着赤脚，站在高及膝盖的稻田里，在许多天的辛勤劳动之后，我的腰直不起来，脸也晒黑了。我想象 Su Nim 变得骨瘦如柴，在荒凉的路边拼命挥手拦车。那不是我所计划的生活。一定会有另一种生活方式。

原来，Su Nim 从未正式告诉寺庙说他要走。他就这么离开了。我并不担心这一点。我认为，他们终究会理解的。他们整天都在练习"无执"，不是吗？另外，和尚离开韩国的寺院，也不是前所未闻。很多和尚都是年幼时进入寺庙，像 Su Nim 一样。随着他们的成长，生活环境或观念会发生变化，这很正常。他们都是人，和我们其他人一样。他们可以改变自己的想法。离开寺院之前，Su Nim 没有去见住持，但我相信，他或许猜到发生了什么。几年前，我曾见过住持一面。我想，他应该不会生气，因为他看上去不像是个会生气的人。

所以，我让 Su Nim 进来了。不是进入我的公寓，而是进入我的生活。不是一个下午或者一个夜晚，而是长久停留。他改回本名：晟允。后来为了简单起见，进一步缩短为：允（Yoon）。他把自己的僧袍用一大块丝绸包好，放在我房间里的衣柜底部。

事实就是这样。

虽然我花了一段时间才真的相信他会永远留在我身边，但是以他现在穿着普通衣服的迹象表明，他是认真的。另外，尽管我们还在韩国，但是在公共场合，我们不再躲避。我们在公寓附近的人行道上亲吻、牵手。我们出去约会，甚至邀请同事们来我的公寓打牌。

我们终于真正成为一对情侣。

但是，由于我早就计划去纽约与家人共度圣诞，并在美国一直待到 2 月初，所以我们不得不再次分开。

离开之前，我鼓励他在此期间找一份工作。他身无分文。事实上，直到后来我才发现，我不在的那段时间，他天天吃卷心菜和味噌汤。不过，他决心找工作。我走之后，他在一家寿司店找到一份服务员的工作。虽然不是我预想中的职业过渡，但它好歹也是一份工作。

1 月的一天，我从西雅图打来电话，询问他工作的进展。

“我没去了，”他说，“我辞职了。”

原来，晟允是一名很糟糕的服务员。他弄混了每一个人的点单。一位顾客为他感到十分惋惜，于是留下一大笔小费，相信这份差事他不会做很久。因此，当他拿到第一份薪水，便辞职了。

但他没有放弃找工作：他在公寓大楼附近张贴求职信息，欲寻求一份瑜伽教练的工作。（他在寺院学过瑜伽。）这个方法果然管用：两名加拿大籍英语教师和几名韩国人对此很感兴趣。很快，我的客厅里全是瑜伽垫和穿着弹力裤的人。他们聆听着舒缓的音乐，而晟允则用英语和韩语进行讲解。

我回到韩国以后，也加入了他的训练班。尽管语言沟通存在困难，但他在教学方面很有一套。我很高兴他终于找到一份适合自己的工作。

在我的公寓里教了几个月的瑜伽课之后，他想开瑜伽学校创业。但我认为，这个梦想很难成为现实。我们一没有创业资金，二没有接受任何正规培训。难道我们不需要接受职业认证培训吗？

再说，我俩完全没有运营企业的经验。晟允的第一份工作持续时间甚至不到两周。这似乎是 180 度的大转变。还有，自从晟允做出了人生最大一次改变——离开寺院之后，他似乎坚信，没有他做不到的事情。

3 月初的一个下午，晟允给我打电话。他兴奋地说："我找到一处合适的场所！"但我们需要准备 1 万美元存款。我们没有这么多钱。于是，我深吸一口气，拿起电话，打给我的父亲。

从儿时起，我就很少向父母要钱。无论过去或现在，我都是一个完全独立的人。可这是一次难得的机会，我们需要迅速做决定。

我把整件事情讲了一遍，然后说："爸爸，我们可以向你借 1 万美元创业吗？"

我屏住呼吸。我完全可以想象到，在那一刻，父亲心里会想些什么。他的女儿和最近刚刚还俗的男友想要一大笔钱，在一个遥远的国家开瑜伽学校创业。任何父亲听到此事都会犹豫。

一阵短暂的沉默之后，他说："我很想帮助你们，所以我会做到的。你们什么时候需要？我把钱寄到哪里？"

我松了一口气。

我们签订合同、聘请电工、装地板、贴墙纸、设计招牌、换灯、创建网站、买刷卡机。

在此期间，晟允想去印度的一所瑜伽学院，接受为期六周的瑜伽教师培训。晟允曾在寺院学过瑜伽，他知道，在韩国，大部分人都希望自己的瑜伽教师曾在名校接受过正式培训。他意识到，对于瑜伽学校的成功运营来说，这一点非常重要。因此，他决定去印度。

他必须马上离开，但是，如果我们想按时开业的话，仍然有很多事情需要处理。我不确定自己是否能用蹩脚的韩语独当一面。我的心中充满疑惑。

我忧心忡忡地问道："你说，事情会顺利进行吗？"

"会的，"晟允说，"总会如此。"

他信心满满，再次通过我的考验。离开的前一天，晟允去印度大使馆办签证。当他走上前，一名戴着眼镜、看起来很博学的印度男子盯着他，问道：“你旅行的目的是什么？”

晟允回答道：“我要去参加瑜伽教师的培训课程。”

“先生，您得办理一张学生签证，大概需要 1 个月。”

“可我已经买了明天去印度的机票。”

“先生，这是不行的。您明天不能去，您需要等待办理学生签证。”

现场一时沉默下来。晟允和那名印度男子就那样站在那里，盯着对方。他能怎么办呢？如果当时我在场（谢天谢地我不在），估计早就大嚷起来。可晟允只是闭上眼睛，放弃争论。

然后，他开口说：“先生，我真的希望明天能飞往印度。我想寻找灵性。这就是人们去印度的原因，不是吗？他们去寻找灵性体验。我不想错过这次机会。”

印度男子站在那里，听晟允讲话。他的眼睛自始至终都没离开过晟允。唯一的区别是他的目光：不再硬生生地盯着，而是软化下来。他低头看了看晟允的护照，迟疑了片刻，似乎在思考些什么。

他说：“好吧，我的朋友，我会更改结果。”

于是，他在晟允的签证上面，将“T”改成“S”。

“祝你有一段愉快的印度之旅，我的朋友，愿你找到你想要的东西。”

第二天一早，晟允便离开了。我不得不自己处理电力系统故障，不得不用有限的韩语和店主讨价还价。幸好还有一些韩国朋友来帮我。在晟允离开的六周里，学校大部分时间都很冷清。在他回来之前，我没多少可做的。

2002年5月，狂热的世界杯足球赛开始了。这次世界杯是在韩国举办的，因此，这里的每一个人都如此自豪，整座城市充满了集体主义感。比赛期间，韩国人聚集在商店门前，观看电视比赛。每一个体育酒吧都爆满。

一天晚上，当比赛进行到高潮时，我从杂货店出来，走在回公寓的路上。小路两旁是高耸的十五层大厦，我住的公寓大楼也在其中。这个暖和的夜晚，路上空无一人，我感觉很奇怪。毫无疑问，每个人都在里面聚精会神地看电视。

突然，地面开始震动。我心想：“难道地震了吗？”然后我才想到，一定是韩国队进球了，因为整座大楼爆发出欢呼声，人们一遍遍地高喊：“韩国！”

此刻的我，身在韩国，被一片红色球衣的海洋淹没。而此刻的晟允，则在孟买之外一个闷热的培训地，躺在睡袋里躲避老鼠。一共有七名外国人参加这次培训项目：两名法国人、一名意大利人、一名斯洛文尼亚人、一名泰国人、一名日本人，再加上晟允。他们都不知道课堂上讲了些什么，因为带印度口音的英语很难懂。有一次，一名法国女子找到项目主任，要求他退钱。

“我们出钱来这里学习瑜伽理论，可老师的话一句也听不懂。你要我们如何继续？”

“别担心，我的朋友，你们最后都能拿到证书。”

于是，每个人都熬过理论课，期待实践课。至少，实践课应该比较容易懂。当印度人和韩国人以同样尊敬的方式对待这次瑜伽培训项目的时候，晟允却在笔记本上涂鸦。语言障碍和沉重的压力令他难以集中注意力。但是，他莫名其妙地拿到了证书。

我也熬过了这段日子。虽然只是短短六周，但对我来说却是如此漫长。晟允到家的前一周，我除了等他回来，别的什么也做不了。我想象着，经过六周的瑜伽培训之后，他一定无比轻松，容光焕发。

我乘公共汽车去机场接他。我和几十名韩国人站在出站口，其中大多数人身穿红色球衣，等待乘客从安全双开门出现。

我眨了好几次眼睛，才确信自己没有看错。是的，就是他。他没有穿球衣。他走出安全门，看起来像甘地一样。他穿了一条白色棉裤，腰部鼓鼓的，小腿处变窄。上衣是一件白色的长衫。他双手合十向我打招呼。韩国人都盯着我们看。真够伤脑筋的，以前他穿着和尚袍和他的美国女友在一起，可是现在，他看起来就像一个大师。

他径直朝我走过来，并双手合十道："你好，你好！"

"哇，你穿的是什么？"

"噢，这是好看的印度服装。你不觉得我看上去像行者吗？"

我说："是的，的确像。"可我感觉很别扭，因为我穿着短裤和T恤，跟一个从印度回来的韩国圣人走在一起。

当我们回到公寓，晟允把背包里的东西倒在地板上，有肥皂、熏香、油画、雕像、油墨、披肩，以及他为我买的印度服装，这样我们就有相衬的衣服了。我把不同的衣服全部试穿了一遍，它们都很漂亮。

我笑着问道："你到印度是在练习瑜伽，还是只是在那里购物？"

"你知道的，我真听不懂他们在课堂上讲些什么，所以我根本没有用心。我喜欢实践课，而且我从阅读教材里学到很多东西。但是其余的时间，我只想让自己快乐。因此，是的，我去市场上买了些东西，还吃了很多香甜可口的芒果。"

我说："听起来不错。"

"是不错，如果你在就更好了。我想你。"

他伸出手，揽我入怀。

我们花了几天时间待在一起。对于学校正式开业的准备工作，我们并没有思考太多。

很快，离开业不到一个星期，我们的招牌还没挂好。晟允给招牌制作店打电话，他们承诺第二天用吊车将它挂上去。

当我们看着吊车把招牌挂上去的时候，我们感到无比激动。招牌上用英语和韩语写着："和平诵瑜伽学校"。街上挤满了人，他们驻足观看这一场面，彼此议论这里将创办一所瑜伽学校。

我们去了附近的体育酒吧庆祝。晟允仍然穿着印度服装。（他只要喜欢哪件衣服，就会一直穿着它，直到几乎穿坏为止。我常常想，这是不是他在寺庙养成的习惯，因为那里可以穿的衣服相当有限。）体育酒吧里挤满了人。我们点了一些开胃菜，晟允决定喝啤酒庆祝。然而，在播放足球比赛的地方交谈是很困难的。当我们仔细检查开业计划时，晟允突然从椅子上跳起来，在空中挥舞拳头，并喊道："韩国！"韩国队刚刚进球。这是大众行为，他也被同化了。不久之后，他把自己的印度服装换成了韩国队的"红魔鬼"球衣。

学校开业那天，我们一早醒来，换上匹配的印度服装。晟允穿的是他下飞机时穿的那一身，而我穿了一套玫红色的、带精致绣花的长衫裤。这是一套印度服装，下面是鼓鼓的长裤，上面是一件裙子似的长衫。我还特意搭配了一条粉色披肩作为点缀。我们就像一对宝莱坞演员，手挽手走在公寓附近的小路上。人们指指点点地低声议论，似乎想知道我们准备上演什么样的恶作剧。

我们到附近的市场取回之前预定的年糕。在开业典礼时，韩国人通常用年糕款待客人。他们还会请舞女到现场表演，但我们决定省略这个环节。我们邀请了一位瑜伽教师来发表演讲。他也穿着印度服装。在到场的客人当中，有几位是我私人辅导过英语的心理学家，有一位是我工作的那所学院的教授，还有一些教师同事、学生、朋友、邻居，以及听说学校开业的消息后，临时过来捧场的人。出席率非常之高。按照韩国的习俗，我们收到了很多盆大型植物，有棕榈树、兰花、龙血树（韩国人称之为“幸运树”），还有一些室内植物。我们冥想、听讲座，甚至练习了一些瑜伽动作。然后，我们投入这场由年糕、水果、茶和果汁组成的盛宴。现场有很多掌声、欢呼声、祝贺声，还有频繁的鞠躬和握手。我感觉我们的瑜伽学校俨然已经取得了巨大成功。

然而，我们追求的并非一时的成功。开业典礼很棒，但参与的学员却很少，非常之少。有的时候，学校甚至没有一名学员。在第一周，我们只招收了三名学员。我担心，我们的瑜伽学校会不会刚开业就倒闭了。

我说：“哦，上帝啊，我们做了什么？我们怎么付房租？”

晟允也不知道。但他不想放弃。对于到来的寥寥几位学员，他倾尽所有。慢慢地，情况有所改善。

到了夏天，当我离开韩国前往科罗拉多州，参加为期一个月的瑜伽教师培训时，他招收了十名学员。因为我不确定我们是否有足够的钱雇用更多的瑜伽教师，所以我想，至少应该先让自己接受培训。至于参加哪所学校的培训，我根本不挑剔。我只需要一张证书，以及符合时间安排的项目。我选择的课程在一个瑜伽静修处进行，但我还没有真正阅读过文献，所以我不知道会发生什么。据说，这个项目通过了瑜伽联盟（一个国际公认的专业组织）的认证。我之前只想敷衍了事。好家伙！没想到结果竟然出乎意料。

一个蒙着面纱的女子迎接我。“你好，我是卡露娜。欢迎你。你是来参加教师培训课程的吧？”

“是的。”

“嗯，萨提会为你办理手续。”

我想：“为什么每个人都有一个时髦的名字？”

“你好，我是萨提，欢迎你。”她似乎在对我说话，但目光却望向别处。

她如此缓慢地填写我的表格、房间号码，以及需要领取的教材。我在想，等她做完这一切，课程估计已经结束了。

根据情况介绍，我了解到：我们必须在黎明破晓时起床，戴上面纱，穿上连衣裙或半身裙，然后在黑暗中走过一段长长的路，来到寺庙。我们必须在地上坐一个多小时，背诵一整篇《薄伽梵歌》[1]。

1 《薄伽梵歌》，印度教的重要经典与古印度瑜伽典籍，成书于公元前5世纪到公元前2世纪。

除了一日三餐和日常的瑜伽练习以外，还要学习瑜伽理论、解剖学、梵文。到了晚上，我们可以参加一些现场瑜伽和深度放松课程。到了周末，当大师来到镇上时，我们也会去那里。

大师？我不知道那里会有大师！第一个周末，当他出现时，我们都需要以火拜仪式迎接他。我们在地上坐了几个小时，一边把米撒进火坑，一边诵唱："嗡南嘛湿婆耶。"天已经黑了，火光照亮了每个人的脸。这种场面有些怪异，而且唱了这么久，我感到头晕目眩。

面前这位来自纽约的意大利籍彪形大汉便是大师。他坐在一个宝座上。一双闪烁的眼睛让他看起来有点像圣诞老人。仪式结束时，大家排队接受大师的祝福。他从宝座上伸出手，小心翼翼地在火坑里舀了一些燃烧的煤块，放到旁边。然后，信徒们一个个地接受他的祝福：用煤块在额头上涂抹。人们受到"祝福"后，就会往后退，仿佛他们刚刚奇迹般地被治愈了。

"嗯……这不是我此行的目的，"我想，"我来这里是为了接受瑜伽培训，而不是为了成为邪教的一员。"我原本不必围绕雨伞和镜子跳舞，不必忍受震耳欲聋的击鼓声，更不必让他拿着煤块弄脏我的眉间。可是，此刻的我已经在这里，所以我投降了。另外，我需要这张证书。

当我跳来跳去，试图感受神的庇佑时，晟允正在他的瑜伽学校里，望着窗外，思考何时才会有大批的学员出现。

当我给他打去电话，他问我："那么，你是否有所收获？"他的声音听起来远在千里之外。我坐在餐厅的摇椅上，使用这里唯一一部公用电话。周围有一群瑜伽修行者不耐烦地等待着。

"我的收获就是，我不想住在瑜伽修行所。还有，我喜欢父母给我起的名字。"

"这是什么意思？"

"我以后会告诉你的，"我说，"那么，你招收了多少学员？"

"嗯，没什么进展。有时候，一名学员也没有。但是，我每天都在前进。我只想活在当下，感受自我。"

我说："是的，我懂。"

"别担心，一切都会好的。"当拨号音响起时，这是我听到的最后一句话。我的电话卡一定没钱了。

于是，我挂断电话，回到床铺，戴上面纱，准备前往下一场寺庙活动。

回到韩国以后，我立刻前往晟允的瑜伽学校，准备尽快加入他的瑜伽训练班。我在科罗拉多州的最后两周里，他曾告诉我，学校的情况有所好转。好家伙，他的话实在太保守了：课堂座无虚席，几乎没有足够的空间容纳全部学员。

由于我刚刚进修回来，我以为他们会在课堂上为我准备一块蛋糕。但是，我错了。晟允正在带领他们挑战极限。他们的动作似是在刀刃上行走。我也学着他们的样子，弓起脚站立了一分多钟。当他示意停止这个动作时，我痛苦地瘫倒在瑜伽垫上，而其他学生看似毫无压力。

并不是说弓式练习很难，只是一系列的瑜伽姿势让我大汗淋漓。我多想跑回公寓，坐在沙发上吃巧克力。但我迈出了我的舒适区。此时此刻，我正在这里，和所有其他学员在一起，挑战自己的极限。然而，其他人看起来并不想逃跑。我在静修所是如何度过的？整日伴随击鼓音乐跳舞、唱诵、蒙着面纱团团转、把米撒进火坑，但我真正练习过瑜伽吗？因为只有在这里，和所有其他学员在一起时，我才第一次感觉到自己正在练习瑜伽。

在整堂课当中，晟允并没有像美国的瑜伽教师那样，喋喋不休地讲个不停。相反，他让每一名学员自己体验瑜伽实践。他在寺院里学过冥想和瑜伽，因此，他的教学方式与众不同。他没有盲目地做一些表面文章，而是像禅师一样，带领学生走进内在，坦然面对真实的自己。

正当我感觉自己的心理和生理都已到达极限的时候，晟允让我们放松身体，平躺在瑜伽垫上（挺尸式）。关于这个休息体式，他未做任何讲解，只是为我们播放一些轻柔的音乐，给每个人盖上一条毯子，就让我们安静地躺在那里。课程快要结束时，我们变成坐式，做了一些冥想。然后，我们唱诵三次 OM，双手合十，齐声说

“感恩”。

课程就这样结束了。我难以置信地坐在那里。晟允具有瑜伽教师的天赋，这是他结合自身经验得到的结果。所有学员都很感谢他。有一些人留在那里喝茶或聊天。还有一些人把他们的朋友、父母和其他家人带来，希望他们也能报名参加训练。

消息传播得很快，人们都知道附近有一个瑜伽大师，都希望亲自来看一看。他做一份工作从来没有超过两周，可他成功创办了自己的瑜伽学校。他的成功源于专注做好当下的事，难怪他的课堂总是爆满。唯一奇怪的是，我竟然怀疑过这一点。

不过，在接下来的日子里，我开始理性分析他到底能坚持多久。他对所有事情都顺其自然，但我不一样。我还是觉得，有必要让每件事情都在自己的掌控之中。

我可能需要花更多的时间，跟随晟允学习更多的瑜伽课程，才能在未知的领域里表现自如。无论是生活中还是在瑜伽练习中，当我挑战自己的极限时，晟允教会了我投降的艺术。他让我意识到，极限是接受未知的最佳之地。**挑战极限并不是催逼自己，那只是另一种控制。相反，挑战极限和顺其自然是让事物保持本来的面目，然后你只需见证它们。**

刚开始创办瑜伽学校的时候，我不知道我们能否成功。我很讨厌这种不确定的感觉。但事实上，未来的一切都是不可预知的。我们所能做的，就是朝着自己心中所想的方向，勇往直前。我们始终要相信：如果跟随自己的心，一切都会好起来。除此之外，在迈向未知领域的过程中，或许会有意想不到的收获和惊喜：你会发现，你其实拥有无限的可能性。

第八课：

你不只是你所扮演的角色

整体大于部分之和。

——亚里士多德

在即将到来的秋天，我们准备正式在一起。我们决定结婚。

我们没有轰轰烈烈的求婚或订婚仪式。相反，整个过程是简单的、真诚的、相互的。经历了 7 年的情感过山车之后，这正是我想要的。晟允没有单膝跪地，把订婚戒指藏在蛋糕里，或是在我卧室的窗外唱小夜曲。他只是说："我们结婚吧。"随后，他带我去购物，并让我随意挑选自己喜欢的戒指。我挑选了一款简单的白金钻戒。虽然上面只有一颗小钻石，但它闪耀着我从未见过的光芒，就像晟允一样。

但是，我仍然没有见过他的家人。虽然我一直想这么做，可每当我提出这个想法，他就感到不安，而且试图转移话题。他们家的情况很复杂：他的母亲怀孕时只有 18 岁。在晟允 6 岁以前，他的父母都是未婚同居在一起。后来，他们结婚了，并且又有了一个孩子。他的妹妹出生后不久，晟允便搬到他祖父母的房子里，以减轻年轻母亲的负担。（在韩国，由祖父母承担抚养孩子的责任并不少见。）当他 14 岁时，他的父母离婚了，妹妹也来到祖父母家一起生活，而他的母亲则被逐出家门。

以往，在韩国，离婚通常会导致母亲失去孩子的抚养权。出于耻辱感，很多女性都会选择离开，不再回去看望她们的孩子，并且建立新的家庭。尽管现在有更多的女性获得孩子的抚养权，晟允的母亲还是选择了离开。因此，当晟允 19 岁的时候，高中一毕业，他便离开了家乡。在随后的几年里，他很少回去，也很长一段时间没跟他的父亲说话。

现在，我们要结婚了，他承诺会带我去见他父亲那边的亲人。但是首先，他必须让他们了解我。我想象着，当他的父亲意外接到儿子的电话时，该有多么惊讶。在寺院生活多年的儿子，现在突然告诉自己，他和他的美国女友要结婚了，而作为他的父亲，却对这段关系一无所知。

晟允的家乡——统营，位于朝鲜半岛南部一个十分偏远的地方。港口停靠着星星点点的渔船。海岸附近有很多小岛，在我们面前延伸开来。我们步行经过一家面包店，那里是晟允过去与高中朋友见面的地方。我们还经过镇上唯一一家比萨店。无论从哪条路望去，他的家似乎都在尽头。

晟允兴奋地说："那就是我的家！"

我说："在哪儿？"我只看到前面有一处巨大的垃圾堆。

"就是这儿，我长大的地方。"

我惊慌失措地说："这是一堆垃圾。你不可能在这个地方长大。告诉我，这里不是你家。"

“不是这里，”他向我保证，“我家在这堆垃圾后面。你看到那扇门了吗？”

门的铰链已经脱落，这就是他家的入口。我很难称之为家。或许它曾经是，但现在不是了。这座破败不堪的建筑已经被分成两半，其中一半是电脑游戏房。高中生常在此聚集，打发他们的下午时光。当晟允的父亲走出小屋时，门板几乎要倒下来。

他向我们打招呼：“你们好！”

晟允说：“您好。”然后，他开始介绍我。

他的父亲对我鞠躬，并说道：“很高兴见到你！”

我也对他鞠了一躬，但不知道该做些什么，也不知道以我有限的韩语水平该说些什么。

他的父亲跟我想象中的完全不一样。晟允身材瘦弱、眉清目秀、温文尔雅，可他的父亲看上去像韩国黑帮成员。他身材魁梧，穿了一件黑色皮夹克，戴了一顶黑色羽毛毡帽。他笑起来的时候，还露出几颗豁牙。

“请进，请进。”他恳求道。

我小心翼翼地从破损的门里进去，经过一间小厨房。厨房的水槽里堆满了脏盘子。晟允的父亲带我们走入一间房，似乎既是客厅、餐厅，又是卧室。我们围坐一圈，但我忍不住觉得自己是来到了他的私人空间。床头柜上摆放着一盒纸巾、一盏灯和一张破了相框、退了颜色的家庭照。墙边摆放着一张古老的黑色烤漆梳妆台，上面贴着复杂的贝壳装饰。梳妆台上有一堆旧毛毯。墙壁上挂着几件衣服。自从晟允离开以后，这个房间里的东西仿佛没有人动过。油毡地板曾散发出热量，现在却迫切需要修复。晟允和他的父亲用韩语交谈了一会儿，然后一个女人端着茶走进来。她是 Dabang 咖啡馆里的女侍者。Dabang 是一家主要针对男性顾客的咖啡馆。那里的女侍者通常穿着暴露，无疑是为了招待顾客并伺候他们。这些女侍者也可以提供上门服务。

可想而知，当时的场面有多么尴尬。我们与晟允三年未见的父亲坐在那间摇摇欲坠的房子里，而一名穿着低胸上衣和紧身裙子的女子在为我们端茶。事实上，我不禁感觉自己来到了一家妓院。这无疑与我想象中见家长的场面完全不同。

此时此刻，我终于明白，为何晟允迟迟不愿带我来他的家乡。这种场面实在太令人失望了。

他的父亲从抽屉里拿出一本家庭相册，翻开给我看。尽管照片中的晟允年纪很小，但他的表情看起来那么严肃，他的脸上没有笑容。事实上，每个人的脸上都没有笑容。

由于天色已晚，晟允的父亲决定陪我们去镇上。我们住在镇上唯一一家旅馆。我们必须步行穿过一段长长的隧道，才能到达那里。这条隧道似乎绵延数英里，我开始怀疑我们是否曾在另一端出现过。在穿过隧道的路上，晟允的父亲对躺在路边的一个人打招呼。那个人裹着一床旧毯子，看起来很疲惫。他似乎无家可归。

他的父亲说："你好。"

毯子下面传出一个虚弱的声音："你好。"当我们快要走到隧道尽头的时候，他的父亲向我们解释说，那是他很久未见的一位老朋友。我想，我们是否应该回去帮助他，或是给他一些食物之类的东西。但是，晟允和他的父亲正全神贯注地谈话，继续向前走，我只好紧随其后。

当我们到达隧道尽头时，我沮丧至极。在路的分岔口，我们与他的父亲道别后，便朝那个肮脏的旅馆走去。海岸线附近，渔民正在船上工作，为次日出海做准备。我站在街道中间，再也控制不住自己的情绪，泪水顺着我的脸颊流下来。

晟允担心地问道："怎么了？"

"我很伤心。我不知道自己究竟期望什么，但是今天下午，我真的好伤心。"

晟允在街上抱住抽泣不止的我。

他说："我不想带你来这里，但我知道，你很想来。"

我问道："这就是你出家当和尚的原因吗？"

"我在家里感觉很不自在，"晟允解释道，"上高中的时候，我就经常去当地的寺庙。在那里，我感到安全，感到快乐。但是在家里，我从未有过这种感觉。"

我说："我能明白为什么。"

晟允说："但我和我的家人不同，所以别担心。我爱你。"

他带我走进肮脏的旅馆房间。我们来到落地窗前，坐在发霉的床边。晟允伸出双臂抱着我，将我的头贴在他的胸前，温柔地抚摸我的头发。我们就这样安静地坐在那里，看着窗外的港口，直到最后一缕阳光从地平线上消失。我躺在未来丈夫的怀里，只想忘掉下午的不快，让自己享受这一刻的宁静。

晟允的大家庭想在马山市附近招待我们吃一顿婚前晚餐。马山是一座典型的韩国城市，到处是水泥大楼和霓虹灯。他的父亲、妹妹，以及所有的叔叔、婶婶、表兄弟姐妹都来到这家餐厅。这是一家传统的韩国餐厅，位于一条安静的小胡同里，远离城市的喧嚣和混乱。我们坐在地板上吃着烤肉和无数碟小菜，像喝水似的喝着烧酒（韩国威士忌）。他的叔叔们一边讲笑话，一边抽烟、大笑。我听不懂他们在说些什么，于是，晟允将他们的谈话翻译给我听。但他时常也会参与其中，忘了翻译。

当大家坐在地板上，吃着烤肉，玩得很开心时，晟允的妹妹决定给他们的母亲打电话。自他成年以来，就再也没和他的母亲说过话。

他的妹妹绕过桌子走过来，说道："大哥，妈妈在听电话。"在场所有亲戚都沉默了。

晟允问道："你在做什么？"

她要求道："接吧，你跟她说！"

虽然晟允的嘴里塞满了食物，但他还是紧张地抓起电话。

"妈妈，我是你的儿子晟允。我要结婚了。我的妻子是一名美国人，你会喜欢她的。"

她在电话里一边哭泣，一边重复地说："我的儿子，我的儿子。"

晟允恳求道："来参加我的婚礼吧。只要您来就好，我们会很高兴见到您。"

她回答道："抱歉，我不能去。"她祝他一切安好，随后便挂断了电话。

自那以后，他们再也没有说过话。

当亲戚们重新开始吃喝玩乐的时候，晟允安静地坐在桌子那端。毫无疑问，他为母亲拒绝参加自己婚礼的事情感到伤心。自从父母离婚后，他几乎没有与母亲联系过。他知道，母亲之所以拒绝这个请求，是因为她为自己没能成为他生活的一部分而感到羞愧。晟允觉得她想与他保持距离，并抹去他出生后的痛苦回忆。

尽管他从未感到有任何特殊的纽带连接着他和他的母亲，但他自始至终都知道，有些东西从他的生命里消失了。虽然他拥有祖父母的爱，可他仍然渴望一种特殊的爱，只有母亲和儿子才能分享的爱。在晟允年幼的时候，他时常会梦见一个天使般的女子，带给他无尽的温暖和关爱。后来，他不再做这个梦，但他仍然希望能在生活中寻找到类似的温暖和关爱。事实上，在他当了和尚以后，曾经有一段时间，他把周围所有的佛像和人物都看作是女性。

有一次，在写给我的信中，他告诉我，他终于在我身上找到这种寻觅已久的爱。现在，他已经找到了这种爱，所以，我能够理解他为何不想回到家乡，回到带给他痛苦回忆的家庭。我不禁怀疑，是否因为我们在童年时期都经历过父母离异的痛苦，所以才会在某种程度上互相吸引。我也成长于一个破碎的家庭：5 岁时，我的父母离婚了。虽然我深爱着我的家人，现在也和他们走近了一些，但是在整个成长过程中，我背负了相当多的压力。我迫不及待要去上大学，获得自由。我迫不及待要去旅行。我迫不及待想知道，离开家人以后我是谁。

尽管如此，晟允的家人还是很善良。他们欢迎我到家里做客，甚至邀请我到餐厅吃饭。我知道他们来自哪里，而他们并没有因为一个韩国人娶一个外国人而瞧不起我，这是不同寻常的。因为在韩国的部分地区，尤其是农村地区，人们仍然很传统。一些父母希望他们的孩子和韩国人结婚，或者至少和一个像样的韩国人结婚。更加不同寻常的是，我们来到统营的几周前，晟允的亲戚以为他还在寺庙当和尚。我松了一口气。因为尽管他的亲戚没有完全理解或同意我们在做什么，但他们还是选择祝福我们。

两个月后，大喜的日子即将来临。5 月初，我的父亲和我最好的朋友莉娜飞到韩国，准备出席这个重要的场合。我的母亲没有来，因为她担心禽流感。我知道，这或许只是她的借口。后来，她告诉我，朝鲜和韩国之间的关系正处在紧张时期，所以她不能来。我的妹妹当时有五个月身孕，所以她也不能来。虽然我希望母亲和妹妹都能来韩国参加我的婚礼，但我知道这是一段长途旅行，因此，我不能有过高的期望，不能期待任何人都出席。（我们计划夏天前往美国，与朋友和家人举办一个小型招待会。）我很高兴最终能有两个人见证我的婚礼：我的父亲和我最好的朋友。这让一切变得简单，特别是在我们的伊兰特汽车上，只有两个多余的乘客座位。

我的父亲为这个场合准备了一套衣服和一双尖头皮鞋。我委婉地告诉他，他可能要穿一套别的衣服。婚礼前一天，我们四人从高层公寓走下楼，来到街上一家出租韩服的商店。我们刚进门，一个女人便热情地招呼我们。我相信，虽然她每天都要为许多顾客挑选婚宴礼服，但她对我们的态度一定是最热情的。

我挑选了一套自己穿的韩服：下装是一条大红色的裙子，上装是一件合身的白色衣服，正面有波浪形绣花图案，领口和袖口部分是蓝色设计。店主为我父亲挑选了一件合身的蓝色短上衣和一条桃红色丝绸裤，裤子的腰部鼓起，脚踝处束紧。莉娜的个子相当高，所以很难找到尺寸合适的衣服。来韩国的前几个月，她曾说过："除了亮粉色衣服，我什么都可以接受。"令她沮丧的是，店里只有一件亮粉色的韩服最接近她的尺寸。可它还是太短，她的脚踝和脚踝处的小纹身还是露出来了。店主为晟允挑选了一条淡粉色的裤子和一件蓝色上衣。我们站在一起像彩虹一样。我们还为晟允的父亲以及一位朋友挑选了衣服。最后，我们离开了商店和筋疲力尽的店主。

婚礼当天，我们把所有礼服拿到我父亲住的酒店。（莉娜住在我们的公寓里，她睡在沙发上。）父亲带我们到大厅吃了一顿美味的自助早餐，然后，我们去他的房间换上各自的衣服。

场面很有趣。各式各样的内衣和罩袍令我们晕头转向。只有晟允知道如何搭配这些衣服，于是，他成了我们的化妆师。他为我系好上衣的带子，固定好内衣，调整好裙子，并向我解释如何穿上那双奇怪的袜子，然后套进那双红色勾背鞋里。我们看到彼此换了礼服的样子，都大笑起来。

幸好我的父亲已经办理了退房手续，这样我们出门的时候就不至于在大厅里引起太大的骚动。但是，到了外面又不同了。在我们等待服务员把车开出来的时候，过往的汽车全部减慢速度盯着我们看。我们紧紧捂住飘舞的裙子和裤子，随后便离开了。

婚礼场地是一个主题公园。这里没有过山车和摩天轮。它是一个模仿韩国传统村庄的公园，经常有学生和游客来此地了解韩国的风俗和传统。我父亲在这里一举成名：一群身穿制服的小学生围着他索要亲笔签名。我猜想，他们一定从没见过穿着韩国传统服饰的美国人出现在民俗村。我们很难把父亲从他的粉丝身边叫过来，可我们必须这么做，不然婚礼仪式就无法按时举行。

我们在“村庄”里一路前行。我们经过牧场，看见一头牛和一辆马车，还有一名假扮农夫的人；我们经过草棚，看见穿着传统服饰的人们在贩卖货物；我们小心翼翼地经过只有30厘米宽的古桥。最后，我们到达目的地：一栋贵族房子，这就是我们要结婚的地方。

不一会儿，晟允的家人到了。他们站成一排，挨个向我的父亲和莉娜鞠躬表示问候。他们一行有15人左右，其中包括几个村邻。他们早上5点起床，搭乘一辆卡拉OK出租车，经过6小时的旅途到达这里。

我的父亲和晟允的父亲站在一起相当有趣。他们的服装风格迥异：我的父亲穿了一条桃红色阔腿裤和一双尖头鞋，而晟允的父亲穿了一件深色西服和一条粉色背带裤，扎了一个粉色领结。

我们的婚礼秀12点开场。

是的，婚礼秀。

为了让主题公园的客人受益，这里每天会举行三场传统的婚礼仪式。通常情况下，这些仪式并非真正的婚礼，而是演员的表演。

但是，这里偶尔也会举行真正的婚礼，就像今天一样。不过，此刻的婚礼现场充满着热闹的吹奏声，周围挤满了好奇的围观者，所有亲朋好友都在做着奇怪的事情。这种场面很容易让我联想到，这是一场不真实的表演，而我们只是这场表演中的演员。

我的父亲和莉娜穿着传统韩服，恭敬地向晟允的亲戚鞠躬。他们来的人数很多，似乎是史上最庞大的韩国家庭。一帮穿黑衣服的婚礼摄影师跑来跑去，像狗仔队似的拍摄婚礼现场。至于我，我穿着好几层厚厚的衣服，很可能会因为中暑而晕倒。我穿了两件色彩鲜艳的韩服(其中只有一件用于婚礼仪式)，戴了一顶巨大的假发(用半米长的翡翠发夹固定着)。在假发上面，我还戴了一顶时髦的黑色礼帽（后来，妹妹看到我的婚礼照片时，她说我的假发上就像趴了一只黏人的小熊)。按照当地的习俗，直到仪式结束前，我都不能看到丈夫的脸。因此，在整个婚礼仪式过程中，我将右手放在左手上，手肘弯曲，前臂抬起，用一条白色冰丝带搭在前臂上，尽量避免看到丈夫的脸。我不停地向太阳、月亮、大地、未来的丈夫、亲戚以及其他所有人鞠躬。幸好有两名韩国助理帮助我。她们紧紧扶住我的腋窝下面，每次将我抬起来。而我的任务就是，遮住我的脸。

我用眼角的余光看见我的父亲快哭了。20年前，他曾跟随医疗队来到韩国。他一定没有想到，当他再次来到这个国家的时候，会看到自己的女儿嫁给一名还俗僧侣。

仪式结束后，我的丈夫穿着蓝色的长衫，戴着一顶高帽子，骑上马。助理为他撑起一把巨大的遮阳伞。而我被塞入一顶轿子，由四个人抬着前进。我穿着沉重的礼服，独自坐在这个隔离的小空间里，跟随轿子来回摇摆。我们的队伍在村子里游行。但是，对于轿子里的我来说，外面的长笛声、锣鼓声和口哨声听起来似乎非常遥远。我掀起窗帘，看见行进中的婚礼队伍，忽然觉得自己像在看电影一样。我的丈夫骑着马穿过村庄，扮演贵族的角色。他还扮演了儿子、大学生、和尚、寿司店服务员、瑜伽学校经营者的角色。从今天开始，他将扮演一个新的角色：丈夫。

但是，当我透过轿子的窗户看着此刻的他，忽然清楚地意识到：**他不只是他所扮演的角色，我们每个人都不只是自己所扮演的角色。**虽然我们在各种角色间转换，而我们都大于各种角色的总和。

戏剧演员兼导演斯坦尼斯拉夫斯基曾经说过一句名言：“没有小角色，只有小演员。”但是，当我们在这场人间戏剧中扮演各自的角色时，所有角色加起来都比不过广阔无边的人性。

第九课：

痛苦是通往自由的踏脚石

你渴望了解生活的艺术吗，我的朋友？

它包含在一句话之内：善用痛苦。

——亨利·费雷德里克·埃米尔

晟允和我在教师公寓里住了将近一年。一天，学校通知我们必须接纳一名室友。那个时候，我们还没有结婚，瑜伽学校也刚创办不久，所以时机并不成熟。经历了数年的分居生活之后，我最不愿意的事情就是与另一个人分享我们的空间。但是，学校坚持这个决定。

由于室友的生活方式与我们完全不同，新的生活环境简直令人难以忍受。室友喜欢深夜和朋友们去酒吧，而我们习惯了黎明起床，去瑜伽学校开门。三个人的生活太过拥挤，在大部分时间里，我们与室友的关系无疑处于紧张状态。

直到今天，我仍然相信，学校之所以给我们安排一名室友，就是想通过这种方式让我们搬出去。自从还俗僧侣和我住在一起的消息传开，我相信保守的老板一定不会接受。在此之前，我曾拒绝教一堂补习课，并因此与老板产生过矛盾。因此，当学校告知我这个消息时，我并不感到惊讶。9月初，我们结婚不久，新的学期刚开始，我“不会被学校继续雇用”的传闻就在学校里传开了。

因为这一点，我甚至不确定自己是否想继续教英语。然而，我们的瑜伽业务才开办了一年多，我们需要额外的收入。对于当时的我来说，失业似乎是一次危机。但是，正如人们常说，当一扇门关闭时，另一扇门就会打开。

我没有寻找另一份英语教师的工作，相反，我决定暂时把所有的精力投入瑜伽业务中。我攒了一点钱，租了一间公寓，同时作为办公地点和生活住宅。

这间“商住两用公寓”位于首尔市区的一栋十层大楼里。房间很大，里面铺了木地板，有开放式厨房和嵌入式衣柜，能够最大限度地利用空间，并掩饰我们在此生活的痕迹。我们只购买了一张沙发床和一套折叠桌椅。

我成为这里的主要教师，因为晟允还要去他的瑜伽学校上课。面对这份新职业，我担心极了。这不仅是我生命中第一次当瑜伽教师，也是我第一次在韩国当瑜伽教师。

“你能做到的，”晟允信心满满地说，“别想太多，要做就做。事情一定会顺利的。你会做得很好。”

可我还是不确定。事实上，我正在认真考虑，是否应该重新寻找一份英语教师的工作。即使那种工作并不理想，并不令人满意，但至少我能过得安逸一些。

但是随后，晟允提醒我：“你不是一直想尝试新的事物吗？所以，这是你的机会。”的确，这是我无法否认的事实。

我不能在还没有尝试之前就认输。

我的第一个瑜伽学生是住在同一栋公寓楼里的一名女子。我用蹩脚的韩语教她做一系列的姿势。课堂结束时，她微笑着对我说："谢谢你。"我想和她多交流交流，但我们都知道，我的韩语水平有限。

尽管如此，几天之后，她还是付给我一整个月的学费。

慢慢地，我开始从周边的办公楼里招收到学生。有的学生会说英语，这使我的瑜伽教学变得更容易一些。

几个月后，我已招收了10名学生，到了这间公寓的极限。（公寓场地比我们的瑜伽学校小多了，瑜伽学校可以轻松容纳30人。）为了招收更多学生，晟允与一名美国学校的老师取得了联系。当时，他正在寻找一份用英语进行教学的瑜伽课。不知不觉，我们又增加了两个瑜伽班，招收了15名外教学员。

当事情好到不能再好的时候，一位韩国心理学家联系到我。我曾教过她英语。当初，晟允在我住的大学公寓教瑜伽，她是他的第一批学生。这位心理学家参与了SBS电视台制作的一部纪录片，他们想采访她如何克服压力。她告诉我，自从我们创办新学校以来，她再也没有参加过瑜伽班，但她对于练习瑜伽之后的轻松感记忆犹新。

她问我："凯瑟琳，晟允有兴趣接受电视纪录片中关于压力的采访吗？"

我兴奋地说："他一定很感兴趣！"

“好的。我把你们的联系方式告诉制片人，他们会和他联系的。”

几周内，晟允确定了接受采访的日期和时间。新闻团队想去郊外的瑜伽学校拍摄一部分课堂教学过程，同时采访晟允和他的学生。

我兴奋极了。采访当天，我在公寓这边有一堂课必须从下午 5 点上到 6 点，而记者和摄制组定在晚上 7 点到达瑜伽学校，因此，我刚好有足够的时间前去观看。课堂结束后，我把学生们送出门，便匆忙打开衣柜，随手抓起一件连衣裙往头上套。我换上连裤袜，铺上一层薄薄的粉底，穿上靴子和夹克，然后出门坐地铁。一路上，我满脑子里都在想，我们的工作室将会多么出名。

由于我只顾着做白日梦，差点坐过站了。我乘自动扶梯到达检票区，走出地铁站。空气里充满了秋天的气息，我脚步轻快地走在街上。“和平诵瑜伽学校”的招牌很大，在一众酒吧、桌球厅、炸鸡店的霓虹灯招牌中间，它就像一座灯塔。我冲上四楼，推开门，准备向摄制组的人打招呼。

晟允独自坐在工作室的地板上，说道：“嗨，你还好吧？”

“电视台的人呢？记者在哪里？关于压力的采访进行得怎么样了？”

“他们不久前在这里。你错过了。他们提前到来，当时你正在上课。我本想通知你，可我知道你正在教瑜伽，所以我没有打扰你。”

我脱掉靴子，重重地坐到晟允旁边。

“我不敢相信。这是属于我们的时刻，可我却错过了。”

他说道："你没有错过这个时刻。你在教瑜伽，而他们正是为此而来。他们之所以到来，是因为我们在这里提供一些美好的事物。别担心。你是我的另一半，所以，你也出现在采访中。"

"那么，今天的采访还顺利吗？"

"嗯，他们用摄像机拍摄了很多课堂教学过程。后来，他们采访了几名学生。随后，他们又采访了我。很好。"

"你是怎么说的？"

"周五晚上，你会在电视里看到的。他们也会给我们寄一份录影带。"

"但是，周五晚上我们有课。"

"嗯，他们向我承诺过，会在一周内寄一份录影带。所以，我们很快就能看到了。"

第二周的周六，我和晟允睡了一会儿懒觉，没有课的周末是幸福的。我们非常饥饿，于是决定上街买三明治。收银员马上认出晟允。

他说："嘿，我昨晚在电视上看到你了！"随后，他们两人进行了长时间的交谈。他们时而大笑，时而微笑，可我听不懂他们的对话。

晟允翻译给我听："他说，这个节目很了不起。"

我微笑着对收银员说："现在我真的很想看到它！"

第二周，录影带寄到了。我们依偎在沙发上，准备了一些零食，开始观看节目。

节目开始，一名手持斧头的女子上了一辆公共汽车。她看起来如此紧张，以至于威胁要砍死公共汽车司机。节目继续通过镜头展示，时常有人以这样或那样的方式失去理智。为了保护这些人的隐私，屏幕上的面孔打了马赛克，声音也做了特殊处理。人们继续谈论他们承受了哪些压力，对自己和亲人朋友做过哪些可怕的事情，以及他们正在服用哪些药物来缓解这些压力。

说实话，这个节目并不鼓舞人心。事实上，大多数画面都令人觉得压抑。

但是随后，晟允出现了。在烛光摇曳的背景中，瑜伽学员正在轻松地练习各种姿势。晟允最后出场，他被问及人们为何练习瑜伽。

“当人们来到这里的时候，他们的状态都不是很好。他们有很多压力，于是开始寻找缓解压力的方法。释放压力的第一步就是意识到自己的压力。”他总结道，“通过练习瑜伽，一切都会好起来的。”然后，画面用特写的方式突出他容光焕发的脸。节目最后，一群孩子手牵手，在街上快乐地奔跑。

从手持斧头的公交乘客，到快乐欢笑的孩子们，整个过程只用了短短半小时。现在的电视节目真好！

毋庸置疑，节目播出后不久，我们的学校越办越好。随着两所瑜伽学校蒸蒸日上，我觉得我们终于可以歇一口气了。在将近一年的时间里，我们整天忙于工作，是时候该休息一下了。我计划去美国参加为期一个月的冥想课程，顺便参加莉娜的婚礼。我怎么能够错过呢？毕竟，她曾千里迢迢来韩国参加我的婚礼，甚至违背她自己的意愿，穿上亮粉色韩服。就算游泳游到美国，我也绝不可能错过她的婚礼。（她请求晟允为她的婚礼举行一个佛教仪式，所以晟允也会在美国待几个星期。）

当然，我们需要找几名替补教师。来自美国长岛的朋友杰里米，同意暂时接任公寓这边的瑜伽课，还有几名韩国教师会接任晟允的瑜伽课。

莉娜的婚礼在联合湖的一艘轮船上举行，那天是西雅图最热的一天。船长是婚礼主持，但是在仪式开始之前，晟允要用韩语吟唱佛经。因此，他不得不重温敲木鱼的技能。起初，我们听得很认真，虽然我们个个都大汗淋漓。但是，就在大家以为他的吟唱要结束的时候，他继续吟唱另一章，然后一章接一章唱个不停。我敢肯定，在场所有嘉宾都很失望。虽然这个婚礼创意听起来不错，但是两位新人在结婚，而我们所有人都在太阳底下暴晒。

当他唱到第十章的时候，我终于忍不住用手肘推了他一下，但他仍然全神贯注。他闭着眼睛，或许早已忘了自己身处何处，或许他以为自己回到了寺庙。我敢打赌，他一定没有想过，他会作为一名婚礼嘉宾，在西雅图联合湖的旧轮船上吟唱圣歌。

我们在美国的日子很快就过去了。不知不觉，晟允得回到韩国，继续经营他的瑜伽事业了。而我则前往马萨诸塞州，参加为期一个月的冥想课程。

如果你读过我在尼泊尔第一次参加十日冥想课程的经历，你一定想知道，为何我要参加这次冥想课程，而且持续时间是上次的三倍。没错，对于我来说，第一次经历的确是一种磨炼，当它结束时，我曾向晟允发誓，我再也不会踏进内观静修所半步。因为那种痛苦实在叫人难以忍受。我还记得我曾用“纯粹的折磨”一词来形容当时的痛苦。可是，在那以后，我仍然继续参加冥想课程，至少每年一次，有时甚至更多。

你或许会问：“为什么？难道你是个酷爱惩罚的人吗？”

说实话，我也不知道。每当我到达一个新的静修所，我就在想，是否再也不会参加冥想课程。尽管每次学的内容都差不多，但是练习的过程总是充满了痛苦和心理挑战。在过去的日子里，我一直断断续续地学习冥想。

是的，参加冥想课程需要足够的勇气，更何况这次课程的持续时间是以往的三倍。事实上，一开始，我只能在心中默念：30天，30天，30天。但是随后，主办方的通知让我停止了这种无意义的默念：在学习期间，静修所会进行施工。

我不是第一次听到这个消息。在此之前，我就在早前收到的文件中得知，在我进行冥想课程期间，那里会进行施工，但我认为这不是问题。毕竟，我是一个经验丰富的冥想者。我能克服这些困难。不过，即将开始的冥想课程仍使我陷入不安的状态。

静修所保证，我们会远离施工现场，不会受到太大的干扰。然而，我们似乎并没有远离施工现场。在我住的小屋附近，工人们在那里拆除仓库，而且他们还在那里大声叫骂，讲一些黄段子。由于冥想练习过程完全处于安静状态，外面的动静给我们增加了许多不必要的精神干扰。下午，建筑工人持续钻孔引起冥想室内地面震动。我对此很敏感，觉得他们仿佛在我的冥想室里钻孔。

冥想教师或许意识到我们会烦躁不安，于是一个个地询问我们的练习进展。

她问道："你觉得精神焦虑吗？"

我回答说："我觉得自己做得很好，但我的确感觉他们就在我的冥想室里钻孔，拆除仓库的声音让我很受干扰。"（我没有提外面那些建筑工人的话让我想入非非，在这点上我选择保密。）

"很好。那就继续练习，如果你有任何问题或疑问，可以随时找我。"

几天后，我的门上贴了一张纸条，上面写着：

"请随身携带你的所有财产或物品，确保它们不会丢失。明天下午 3 点半，你的小屋将搬到女性步行区。"

要搬？你们如何搬走一间小屋？为何要搬？果然，第二天下午 3 点半，我刚走出冥想室，便看见一辆铲车在我的小屋附近巡游，它还喷了我一脸灰。现在，我不仅无言以对，更是无家可归。我回到冥想室冥想了一会儿，尽量不去关注这个事实：我的房子不见了。当我走出冥想室喝茶时，我发现我的房子被移至女性步行区，就在一棵树旁的草地上。铲车把它扔下之后，它的台阶已经损坏了。所以，从那时起，我不得不从前门爬进去。除了台阶损坏以外，由于冲击力的作用，门也被卡住开不了了，我不得不去食堂拿一把刀撬开门。从那之后，我总是把门留一条缝，害怕又被锁住了。

不过，由于建筑工人们都离开了，外部干扰变少，我更能将注意力集中于自身内部。第20天，我感觉自己已经成为冥想本身。我在练习时似乎毫不费力。无论我吃饭、走路、睡觉或者坐着，我都在练习冥想。我已忘记了自己。我是空的。我是无限的。

随着感觉和想象出现，我开始进入更深层次的冥想状态。我已经不是头一次进入这种状态了。这个过程很慢，但它似乎铲除了我大脑中的杂物，我的大脑和身体涌现出很多感觉和记忆。有些是愉快的，有些是不愉快的，还有一些是中性的。然而无论怎样，我尽量不去抓住或追逐这些记忆，重要的是，我在练习和观察它们，毫无眷恋地观察它们从大脑和身体经过。

我就这样坚持下去。不知不觉，我已冥想了30天。

课程刚开始绝对是具有挑战性的，我也经历了不少精神焦虑：被施工打扰、生理疼痛、饮食冲动、浮现在我脑海的歌曲、嗜睡、无聊、寂寞。但是直到现在，当我参与了足够多的课程以后，我知道这些都是必经的一部分过程，它们终会过去。

剩下的一半课程过得飞快。我已找到了方法。当我练习冥想的时候，我的每一个行为、每一种思想与情感都融入练习中。不过，当课程结束的时候，我简直不敢相信我已经坚持下来。

是冥想本身让我克服困难。只要我还在练习，还活在当下，我就没事了。唯一需要做的就是继续前进，无论前方等待我的是什么。

在练习冥想的过程中，难免会有痛苦。但是佛教教导我们，如果我们可以见证痛苦而不是依附痛苦，那么痛苦就会消退，我们最终会获得自由。这并不是说痛苦将不再存在，而是说我们将不再依附于它。痛苦可以通过疼痛甚至快乐的形式表现出来。比如，当我在冥想室练习冥想的时候，心中偶尔会想到食物。它们通常是我想念的食物：巧克力、寿司、杏仁羊角面包，还有一杯冒泡的热牛奶咖啡。（我能说什么呢？我是一个西雅图女孩。）我甚至想品尝它们。但我很快意识到，**每当我想拥有当下得不到的东西时，我便开始痛苦**……当然，我在这里谈论的不仅仅是食物。

这种意识对于我来说是极好的。它改变了我的思考方向和生活道路。尤其是在我回到韩国后，它很快就派上了用场。

如果你从自己的生活中抽离三个月，一定不会期望回来后一切如初。

是的，一切都变了。我所有的学生几乎都离开了，或者至少休息一段时间后再来。很多人知道我出国了，但是我猜他们一开始并不知道这个消息，直到我的替补教师杰里米接任我的瑜伽课。杰里米的毛发很多，他在教瑜伽的时候喜欢赤膊上阵。毫无疑问，这种行为吓跑了我那些胆小而羞涩的女学生（她们在练瑜伽的时候都穿弹力裤）。在韩国，赤膊上阵不是一件合乎礼仪的事情。即使外面的温度升高到38摄氏度，人们还是穿着衬衫。事实上，向别人展示任何类型的皮肤都是不雅的行为，除非你是在海滩上。

当然，我仍然感激杰里米暂时接任我的瑜伽课。否则的话，我根本无法参加莉娜的婚礼，或者参加冥想课程。但是，由于学生数量减少，我不得不做几份英语家教来维持生计。

我们总得设法让两所学校继续运营下去。到了冬天，情况终于好转，我们的学校再次走上正轨。晟允决定去日本参加为期十日的冥想课程。他不在的时候，由我代替他上瑜伽课。

好家伙，他只离开了短短几天，回来后却惊讶地发现，我们的郊区工作室完全变了。在练习挺尸式（瑜伽课堂的休息姿势）的过程中，地板开始震动，你可以听到一千匹马踏过的声音。然后，外面传来一个播音员的声音："三,三,四,四！"晟允打开长笛音乐，试图抑制下面的骚动。瑜伽学员平躺在羊毛毯上，全都睁开眼睛偷看。他们很好奇到底发生了什么事。随后，他们忍不住咯咯笑起来。显然，楼下开了一家赌马游戏室。

一群韩国人整天坐在楼下的工作室里，在巨大的投影屏幕上赌马。由于赌博是非法活动，因此他们通常在停车场后面的一辆卡车上进行现金交易。

我们的瑜伽学校从一片和平的绿洲变成了不折不扣的赌博场所。

这样不行。晟允坚决反对，并要回了他的保证金。

几个月之内，我们不得不搬到一个更昂贵的地方——与之前的学校在同一条街上，一家针灸诊所旁边的四层大楼里。我们的工作室在二楼。三楼是一家健身俱乐部，顶楼是一座基督教教堂。在大多数情况下，这里很安静，但是偶尔会听到哑铃掉到地板上的声音。不过，至少我们再也听不到赛马的声音。只要四楼的基督教徒在呼喊和歌颂的时候能克制一下，我们便不会受到影响。

问题是，我们能否负担得起昂贵的租金。环境更好，并不意味着学员会更多。在这个传统社区，我们已经吸纳了所有愿意学习瑜伽的人。在这个郊区小镇，我们已经耗尽了所有资源。

市中心的公寓教学点很好，但是，自从我那次出国以后，学生的数量就大大减少。因此，到了 3 月份，我们不得不放弃它。这也意味着我们不得不放弃我们的家。然而，我俩没办法在郊区的新学校居住，因为那里没有任何生活设施。

如果我能在大学里重新获得一份英语教师的工作，不仅能够保证我的基本收入，还能为我们提供一个居住场所。于是，我把简历稍作修改，投递出去，最后终于得到这样一份工作。但是，工作地点并不在市区，不，应该说，这份工作几乎在朝鲜。我不是开玩笑。它离边境只有20英里，而且离我们的瑜伽学校很远。晟允没办法往返于两地之间，所以我们只好天各一方。

这几乎要了我的命。再次分离？那么，来吧，我接受挑战。我们现在已经结婚了。难道我们不是最终要在一起的吗？我们克服了种种困难才走进婚姻的殿堂。我们翻越了世界上最高的山口，渡过了世界上最危险的河流（我以为我们两个之中会有一个人死在那里），在印度经历了痢疾和被盗事件，忍受了多年不能公开的关系，也经历了许多穷困潦倒的日子。事实证明：无论什么样的困难，我都能克服；无论什么样的痛苦，我都能承受。

但是这次呢？你要我搬到朝鲜？

我原本以为，在这段关系中，我已经历了九九八十一难。我原本以为，现在已经大功告成。

但我错了。面对再次分离的事实，我意识到，苦难并没有结束。我在冥想过程中体会过这一点：**生活的苦难永远不会结束，我唯一能做的是面对它**。我知道，假如逃离带给我痛苦的事情，我只会更痛苦。

尽管如此，我还是难以接受。通往自由的路依然遥远，我只能一步一步地走向它。我无法免于痛苦，我的内心还是会挣扎，会苦闷，会做一些无谓的努力让自己摆脱它。

我任职的学校如同悬崖上的一座监狱。我每天开着我的伊兰特汽车，行驶在曲折蜿蜒的山间公路上，必须经过无数片稻田、遇见无数路过的农民，才能到达学校。我的老板是一位非常严厉的女人，她牢牢掌控着她的“女孩们”——在这所与世隔绝的学校里上学的孩子们。

这些学生在生命初期便与社会严重脱节，对此，我曾表达过自己的担心。然而，老板却告诉我：这是为她们好，只有不受到任何干扰，她们才会更专注于学习。

我似乎错了。我来这里是为了教唆学生吗？所有的一切都让我感到痛苦不堪。

晟允的生活也好不到哪里去。他最后还是住在工作室里，正如我提过的，那里没有任何生活设施，没有浴室或厨房。洗澡的时候，他蹲在厕所的地上，打开水槽的软管，装一桶冷水，往头上倒。然后，他颤抖着将肥皂涂在身上，并将另一桶水倒在头上冲洗。他吃了很多外卖。到了晚上，他睡在工作室大厅的一张旧折叠沙发上。我们只能在周末见面。每次见面的时候，他会乘坐长途汽车一路向北颠簸而行。

这种情况差不多持续了六个月。一天晚上，我打电话向他哭诉。

我抽泣着说：“我不明白我为何要在这里生活。”

他说：“我们能怎么办呢？我们没有钱。至少现在你有一份工作。”

“我知道，可我宁愿贫穷，也要与你在一起。我觉得我坚持不了多久了。”

我再次感到孤立、孤独和痛苦。

晚上，一群醉酒的韩国人坐在我楼下的露天酒吧，喝着绿瓶的烧酒，直到天亮。他们会大喊大叫，最后醉倒。我一晚上没睡着。我哭了很久。我觉得自己像被送进了监狱。在这一周，唯一让我感到欣慰的是学生们天真的笑脸，以及周末和晟允在一起的时光。

他来看望我，让我感觉很自在。我们甚至冒险通过军事检查站，去了几处温泉区和一个国家公园。那些地方尚未开发，非常崎岖和原始。在一个人口过剩的国家里，我们惊讶地发现自己来到了一个与世隔绝的地方。我们在一条原始的河流边露营，地上全是大卵石。我们赤脚走在鹅卵石上，绿色的青蛙在水里游泳。在那里，我感觉自己仿佛来到了地球尽头，痛苦也暂时结束了。

但这只是暂时，一旦回到工作中，我的痛苦就会继续。“我真的必须再次遭受这一切吗？”我在心中哀叹，“独自在外面生活，让我学到了什么？”

当时，我怎么也想不明白。但是现在，我找到了答案。

通过经历这一次苦难，我意识到，在我的人生中，我不想要的是什么。当然，我花了很长时间才意识到这一点。多年来，出于恐惧，我一次次退回到熟悉的环境中，可我过得并不舒心。**我来到这个世界上，不是为了简单的“生存”**。我有梦想，有目标。我想写作。我梦想和我的丈夫生活在一所漂亮的小房子里。那里有一个院子，有一个五彩缤纷的花园，以及足够大的生活空间。那里和平而宁静，但是与社会接轨。那里或许不在韩国。我已经准备好过这种生活，它就是我想要的生活。我知道，痛苦是生活的一部分，但我希望它还包括一些别的东西，比如平静、快乐和目标感。我确信这些东西一定在某处，因为它们曾经在我的生命中出现过。

我只需要再次找到它们。

第十课：

尊重你的过去

过去的一切，造就现在的你；
现在的一切，造就将来的你。

——释迦牟尼

有时候，我们需要通过一个新面孔，从新的角度看待事物的本来面目，让一切回到正轨上。

在我的故事里，新面孔是我的母亲。

她来韩国看望我。这是她自己做出的决定，直到现在，我仍然不确定是什么原因促使她到韩国来。她无疑是想见到我，可为什么呢？为什么我的婚礼举行了三年之后，她忽然决定来韩国？不过，她一直是这样的。无论她做什么或者不做什么，她都不会告诉我原因。这一点让我很讨厌，但这也是她魅力的一部分。她总是有办法说服我，让我觉得“这是一个好主意”。比如，她说服我辞掉健身俱乐部的工作，跟她一起穿越美国，度过四个月的旅行生活。

我也不知道当时是怎么了，我们俩都辞掉工作，还有一帮亲戚朋友聚在一起给我们送行。我仍然不敢相信，我会同意与母亲坐在狭窄的汽车里，穿越美国，进行全程 15000 英里的旅行。我疯了吗？

或许吧。

所以，谁知道她为何突发奇想，横跨太平洋飞到韩国来呢？或许她后悔错过我的婚礼（她来韩国以后，我们最终参观了我举行婚礼的地方）；或许她是来说服我，“家”是个相当不错的地方，希望我安定下来。

我永远不会忘记，当她看到我的生活环境和生活方式时是怎样的反应。在去大学的路上，我开着传动轴坏了的车在山间行驶，每次停止和启动时都很不平稳。她惊呆了，不仅因为我的车坏了，还因为我们所处的位置。

“你是怎么找到这个地方的，凯瑟琳？”

她一脸惊讶的表情使我意识到，我从地图上跑了多远。此时此刻，我在这个偏僻山区（远离都市的地方），开着一辆有故障的车，远离丈夫而生活。

我一直不停地问自己：这是我选择的生活吗？我到底怎么了？现在，通过她惊恐的表情，所有问题都得到了解答。

她说：“回家。”

回家？

我已经很久没想过这件事了。自从那次我试图说服晟允与我一起留在美国未果之后，我就再没想过了，那会儿我们还没结婚呢。事实上，对于母亲所说的“家”，我是又爱又恨。在我成年后，我总是以各种理由离开“家”，忘掉过去。

然而，母亲的建议刺痛了我内心深处不愿触碰的神经。我在韩国生活了很长时间，我过去爱它，现在依然爱它。但是，是时候离开了。

在亚洲生活了近十年后，要想再回到美国生活，并不是一件容易的事情。我们住哪儿？我们做些什么？我们如何生存？我知道，我不想继续与父母住在一起，也不想再次回到咖啡店工作。毕竟，我有我的尊严。

不知为何，我母亲认为这不是一个大问题。她说："只要上飞机回家就可以了，其他事情到最后总有解决的办法。"

我与晟允商量了我的计划，他也同意试一试。一部分是因为，他知道回美国生活会让我快乐；还有一部分是因为，他对于新的冒险体验很兴奋。他在郊区的瑜伽学校已经耗尽了自己的所有资源，结果还是没能招收到更多的学生。现在，至少他有了工作经验。因此，我们打算等到 2 月份，我的一年教学合同到期后，我们就搬到美国。

与此同时，我们还能获得共同休假的机会。利用这次机会，我们可以在夏天去香港参加冥想课程。香港的内观组织尚未建立一个永久性的冥想中心，因此，我们必须在新界的一处租住地学习冥想课程。那是一片沼泽地区，很偏远，只有几栋临时建筑散布在周围。到处都是嗡嗡叫的蚊子。我不知道如何在这种原始环境中度过十天。

我一直期待见到香港的老师，但是当我到达那里时，我才知道他是美国人。他的名字听起来很熟悉，可我忘了在哪里听过。

他难以置信地说："你去过普吉特海湾大学？"他穿着凉鞋、袜子、长裤和长袖衬衣向我走过来。毫无疑问，这身装扮是为了免受蚊子的侵扰。

"是的，我去过。"

"你怎么会到这里来？"他问道。

我说："问得好。"我也想问他同样的问题。

"我是华盛顿州的区域教师。"

啊哈！我想起来了。

多年前，我在韩国教英语的时候，曾利用休假时间去过华盛顿州的冥想中心。我还记得那是2000年的某天，当为期三天的冥想课程快要结束时，老师把我叫到楼上的住处。我不明白为什么：通常在出现问题时，老师才会与学生见面，他们不会为了聊天把学生叫到他们的房间。

"我想和你谈谈，"她说，"我们正在招聘一位优秀的管理者。我们可以为你和你的丈夫提供一套住房。你感兴趣吗？"

丈夫？住房？哇，内莉。我们慢慢分析一下。首先，那时我和晟允的关系日益疏远——当时我们正处在情感过山车的阶段。其次，我要回到亚洲，回到工作中。我必须遵守合同约定。

我回答道："嗯，我没有结婚，而且我现在在亚洲生活。但将来我会考虑的。”

她说：“好吧，你考虑一下。如果你有兴趣的话，可以与大卫·撒切尔联系。”

6年后的今天，在香港这一片蚊虫滋生的营地，站在我面前的这位就是大卫·撒切尔本人。

我抱着乐观态度问道：“你们现在还招聘冥想中心的管理者吗？因为我和我的丈夫计划2月份回到华盛顿。”

“没有，”他说，“但我们将来会考虑的。”

在那一刹那，我多么希望大卫·撒切尔所说的“将来”是“宜早不宜迟”。但是随后，我决定放弃这种想法，将注意力集中于冥想课程，因为它更像是一种生存的考验。就算我们下午没有被蚊子生吞，到了晚上也一定会被臭虫消灭。另外，我忘了携带盘子和餐具。课程开始的第一天，我来到食堂吃饭，却发现那里没有餐具。其他人都在使用自带的塑料饭盒和餐具。我对厨师做手势（把食物叉进嘴里的动作），希望她能明白我没有带筷子来香港。她正在水槽里洗洗涮涮，把锅碗瓢盆弄出很大声响。对于我这个可怜的、无声的课程参与者，她显然感到很吃惊。最后，这位眼镜歪斜、头发凌乱的厨师，终于拿了一双塑料筷子和一个塑料碗递给我。那个塑料碗比和尚化缘的碗还小。但是，嘿，至少我不会饿死。我想知道晟允在男子区的情况如何。为了生存，他是否也得求助于手势？

在课程的最后一天，当我们走出无声状态，我见到了晟允。他并没有消瘦，所以我想，他一定解决了没有餐具的窘境。但是，由于蚊子的侵扰，他无数次想离开这个地方。我们与老师告别。他说他已经将我们的电子邮件地址发送给华盛顿冥想中心的管理委员会。

晟允转让了瑜伽工作室，我辞去了工作，剩下的任务就是收拾各自的行李，搬出大学教师公寓。我们尽量丢掉一切不重要的东西，然后把一些无法舍弃的东西塞进两个箱子里，寄回美国。我们待在公寓的最后一天，一名韩国教师来排查情况。我们的两个行李箱已经放在门口的台阶上。

她说："看起来一切都好。"

我回答道："是的，好极了。"我们走出公寓，我把钥匙递给她。她把门锁好，祝我们好运，然后便离开了。

我们拖着行李箱走下两层台阶，走进雪里。外面的天气特别冷，冷得我们牙齿打战。凛冽的寒风就像刀一样割在我的皮肤上。晟允叫了一辆出租车，我们坐了 20 分钟才到达一个偏僻的机场巴士站。那里没有一辆车，也没看见一个人。北风在荒凉的大地上怒吼，刮在我们脸上生疼；行李箱的轮子陷入雪地。我忽然觉得韩国如同初来时那般陌生，唯一不同的是，我的丈夫晟允紧紧握着我戴手套的手。

我用围巾裹住脸，问道："你确定我们来对地方了？"

他说："希望如此。"

30分钟后，远处缓缓驶来一辆汽车。感谢上帝。我已经冻僵了。只要坐上温暖的汽车，我就自由了。我们在路上，再也不能回头了。

我在亚洲经历了这么多事情。我原本只打算待一年，或者顶多两年，但是直到十年后的今天，我终于永远地离开亚洲……并嫁给了一名曾经的和尚。

韩国在我的人生中留下了深刻的烙印，而我也不再是从前的我。在这片干旱的土地上，我泪流成河。我喜欢坐在冬天的暖炕上，用筷子吃清汤面。我也会想念这里的茶馆，尤其是当我意识到坐在对面的光头男子将成为我未来的丈夫时，我们所在的那一家茶馆。

我的母亲和继父在西雅图机场接我们。幸运的是，在我们到达前一个月，在我继父的房子里租住了11年的房客搬走了。所以，我们总算有一个住的地方，但它急需修复。因此，在我们到达之前，我的母亲和继父卷起袖子，打算让这座房子焕然一新。她称之为"人类家园项目"。

我们到达后，同样把大量的时间和精力投入房屋修复中。令邻居们惊异的是，晟允在一天之内独立粉刷了整座房屋。他们当中很多人用敬畏的眼神看着我的丈夫——这位从和尚变成瑜伽教师的人，敏捷地爬上梯子，一只手拿着粉刷筒，一只手拿着油漆桶，同时还能保持身体平衡。当他刷到房子最后一平米时，人们欢呼起来。一名遛狗的女子简直不敢相信，这与她不久前看到的竟然是同一座房子。

“早上我遛狗的时候，这座房子还是惨不忍睹的浅蓝色！现在再看看它，实在太美了！”她喊道。

至少我们今后的邻里关系有了良好的开端。

当我们在厨房墙面上贴芥末黄的墙纸时，我们从韩国寄来的箱子到了。里面有相册、油画、衣服、韩国的小珍藏品、书籍，这些是我们生命中最有意义的东西。尽管我们翻开了新生活的篇章，但我们不想完全忘记过去。**毕竟，过去的一切造就了现在的我们。记住过去的经历，能带给我们前进的力量。**

很多信佛的人都相信，放下过往能达到超然。我甚至听说，有人坚决地丢弃过去的一切，并把它们聚成一堆，点火烧掉。就我自己来说，我本以为离家旅行可以让我把过去抛之脑后，开始新的生活。但是现在，我终于意识到这是行不通的。每当我去新的国家旅行或生活，我都携带着我的过去，并积累新的体验。这些新体验并没有取代我的过去，相反，它们让我从全新的角度看待过去的生活。

对我来说，做到这一点并不容易。现在，晟允也随我一起离开了韩国。但是，当我们在新家附近闲逛时，我们仿佛看到在韩国生活的影子。在右面拐角处，有一家韩国杂货店，我们可以在那里买到自制的泡菜。在街对面，有一家好吃的石锅拌饭店——由米饭、肉类、蔬菜混合而成的美味料理。

我们不仅轻易解决了住房和食物问题，而且我俩很快就找到工作了！

在修复房子的过程中，我们接到华盛顿州内观冥想中心管理委员会打来的电话，他们需要几名管理者填补夏季的临时职位空缺，并询问我们是否可以参加 4 月份的职业培训计划。时机也刚刚好：因为我们计划 2 月底去马萨诸塞州参加为期一个月的无声冥想课程，所以我们无法在 4 月份之前参加职业培训。

我们决定夏季住在华盛顿州的冥想中心，在此期间，西雅图的房子仍然保留。我们做管理者的薪水足以支付这座房子的租金。另外，在冥想中心，我们无需支付食物和住宿费用。我们的工作内容是：采购各种食物，到火车站和汽车站接学生，解决疑难问题，在每次十日课程的开始，确定学生和厨房工作人员名单，做好办公室常规事务，确保课程顺利进行。这些十日课程无间断循环，所以有很多事情需要我们处理。处理任何事务都不容易，但是，我们每天至少可以冥想两个小时。我们曾经熬过了无数的艰难困苦，因此，在这样的环境下，一切似乎都在可控制的范围之内。

然而，夏天结束时，我开始担心起来。回到西雅图以后，我们又将失去工作。在获得冥想中心的工作机会之前，我曾试图在当地的社区大学寻找一份教师职位。可是后来我了解到，大多数社区大学要求他们的教师至少具有硕士以上学位。我相信，一定有数百名符合条件的应聘者竞争这些岗位，而我的简历要么被立刻扔掉，要么被压在最底部。所以，我彻底放弃了这个想法。我甚至考虑过去百货商店之类的地方找工作。但是，只要一想到要结束十年以上的教师生涯，转行做零售业，我就感到沮丧。

我不知道我为何仍然不相信宿命。我们克服了种种困难和考验，而这次与以往有何不同？

那年夏季的一天，在一次十日冥想课程结束后，我抱着一大摞文件走进冥想教师的房间。她转过头问我：“夏天结束后，你打算找一份什么样的工作？”

我不愿提起这件事，于是不高兴地说：“我不知道。”

她问道：“嗯，你以前是做什么的？”

“我教了十多年英语。”

她说：“你认识史蒂夫·帕克吗？他是一位冥想教师，曾在社区大学教了二十年英语。”

几周后，我在冥想中心见到史蒂夫。

他微笑着对我说：“我听说你正在找工作。”

我回答道：“是的。”

“好吧，我可以帮你想想办法。”

我们回到西雅图一周左右，我接到一个电话。

我去了一所社区大学参加面试。这所学校离我们家只有 20 分钟路程。然而，它并不是一次真正的面试。很显然，由于史蒂夫的推荐信，他们已经决定雇用我了。我有工作了。在秋天，我将接任两门课程：留学生的英语写作课和英语听说课。我们回到西雅图几周内，晟允利用在冥想中心建立的人脉关系，在我们的客厅里开办了两个瑜伽班。所有事情都在好转。

冥想中心希望我们冬季回去工作，并且希望我们能做满一整年。那份工作给我们带来了很多收获，因此，我们决定前往。这是一次挑战，可我们一向喜欢接受挑战。我开始相信，所有事情到最后都会有个好结果。我们把房子租了出去。在工作的第一个季度末，我告诉社区大学，我想休假一年，但我愿意回来。

在冥想中心工作的那年年底，我申请到印度参加为期十五天的教师进修课程。该课程由葛印卡老师讲授，他是国际内观中心的创办人。由于去印度的机票昂贵，晟允决定留下来。我被进修班录取了，但是经过一番深思熟虑后，我决定放弃。没有晟允陪伴的旅行似乎没有意义。

令我们吃惊的是，几周后，晟允收到一封电子邮件，通知他已被进修班录取。

太令人费解了，因为他从未发送申请。这是闻所未闻的事情。被这种特殊的进修班录取非常困难，它需要老师的推荐信和一段漫长的申请过程。没有人知道他是如何被录取的。我称它为“神的干预”——他命中注定要去那里。当他莫名其妙地被录取后，他又如何拒绝前往呢?

但是，我们仍然没有解决资金问题，因此，我们决定放弃这次旅行。正当我们打算放弃的时候，华盛顿冥想中心的一位老师听说了我们的困境，以及晟允的神奇经历，他决定借给我们一些钱，让我们飞往印度。

于是，十一年后，我们再次踏上那片熟悉的土地。兜兜转转一大圈，我们还是回到了原地。能够一起缅怀过去，我们感到如此幸运。在世界的这一个角落，我们想起了许多往事。在这里，我们攀登过世界上最高的山口。在尼泊尔，我第一次听说内观冥想。第一次参加冥想课程是我做过的最困难的事情，在印度旅行对于我们来说也是一次挑战。我生病了，我们丢了钱，在一片混乱中，我们几乎失去理智。当时，我发誓再也不会踏进冥想中心半步，甚至再也不想来到印度。但是现在，回首那段艰难的时光，我才发现它对于我当下的生活是多么重要。正是由于过去的播种，才有了今天的收获。很多事情都发生了巨大的变化：十多年后的今天，我成为一名经验丰富的旅行者和定期冥想者。另外，我们第二次的印度之行完全不同于第一次。首先，我们不再为诸多问题而苦恼；其次，我们发现，印度（特别是冥想中心）的确是一个神奇的地方。我想，或许是因为那时我和晟允之间的关系困难重重。我们眼里的印度与以往不同，或许是因为我们变了。而我们变了，或许有一部分原因是因为第一次的印度之行改变了我们。

第一天清晨，成千上万的人穿着色彩缤纷的纱丽服和凉鞋前往佛塔参加冥想训练。当我从住处出来，爬上阶梯，我闻到空气中有缅栀花的香味。我在佛塔的入口处脱掉鞋子，赤脚走在冰凉的水泥地上。

凌晨，在无声冥想室，我听到佛塔上的风铃叮当作响，山谷下有一位瑜伽修行者在吟唱，然后，我听到了自己的心跳。我回来了。我穿着玫瑰色的宽松长衫裤（几年前，晟允在印度给我买的那件），安静地坐在冥想室里，闭上眼睛，盘起双腿，和数百名其他冥想者做着同样的事情。我感到无比欣慰。我不再觉得艰难或痛苦。相反，我充满感激之情。

从印度回来后，我们住在西雅图的房子里。幸运的是，我可以回到社区大学继续教书，而晟允也重新开办了几个瑜伽班。

一天，我在地下室清理杂物时，偶然看见从韩国寄来的一个盒子。我打开它，发现晟允不愿舍弃的一段过去。一块漂亮的亮橙色丝绸包裹着它。

晟允正忙着清理我们积累的垃圾。我对他说："看看这个。"他把手头的事情放下来，走到我身边，想看看我究竟发现了什么宝藏。在晟允的注视下，我小心翼翼地解开丝绸。里面是他的灰色长袍和裤子。它们被洗净，上浆，熨平。看起来是崭新的。

我开玩笑地说："你留着这些，是准备再次出家吗？" 他笑了笑，把它们包起来，放进地下室的储物箱。

为了尊重他的过去，他将它们珍藏。

后　记

有些事情我没有告诉你。

当你读到第九课，我参加为期一个月的冥想课程时，发生了一件奇怪的事情。第 22 天，我正坐在冥想室冥想，感受自己的呼吸和身体，忽然，我看到一本书的影像。我还看到了标题、页面和章节。仿佛有人将它放在我面前，打开它，慢慢地翻给我看。

我摆脱这种影像，继续练习冥想。然而，从那天开始直到课程结束，这本书始终出现在我的脑海里。起初，我很生气，因为它使我分心。但是后来，我意识到自己无法控制它的出现，所以我投降了。我允许它存在。

这本书的标题是 *Lessons from the Monk I married*。

是的，正是你手上拿的这本书。

直到现在，2010 年 12 月 20 日深夜，当我坐在办公室里，在昏暗的灯光下写下这段文字时，回忆起这个奇怪的经历，仍然让我后背发凉。自从我第一次在脑海里见到这本书，到现在已经六年多了。我缓慢地写完它。我不相信我所看到的影像，我也不知道为何或者如何写这本书。事实上，我经常怀疑是否应该写这本书，尽管这听起来很奇怪。

这本书的书名与我的博客名相同。但是在博客中，我很少提及与晟允之间的故事，我宁愿将它留在这本书里。相反，我的博客主要写的是2010年每一天的心得体会。

五个月内，我看到博客的点击量从几百上升到一万以上。在写这本书的时候，来自100多个国家的36000多名读者访问了我的博客。我收到几百条评论和私人信件，他们要求预定这本书。由于博客的作用，我与很多人建立了良好的人际关系，也交到了很多亲密的朋友。

一天，蒙大拿州的一位作家看到我的博客，并和我取得了联系。她在信件中告诉我，她刚刚出版了一本关于旅行的书。她说，她想帮助其他作家，因为她花了十多年时间才得以将那本书出版。（顺便说一句，她的书出版之后，连续几周在《纽约时报》畅销书排行榜单上排名第18位。）

我们通过电话交谈了一小时。谈话结束时，我决定把我的出版方案寄给她的出版经纪人，然后，她再联系她的出版经纪人并让其了解我们谈话的内容。方案提交后一周内，我收到代理出版合同。

我只把书委托给一位出版经纪人。我知道这不是常态，但是或许出版的时机已成熟。当我刚刚着手这件事的时候，我不知道该如何出版一本书。虽然我的书柜里都是我写的日志，但我从未想过将这些与公众分享。写作对我来说是一件个人的事。它是我的治疗方式。每当我面对生命中的挑战时，它总会挽救我。它已经成为我最亲密的朋友。

直到2009年第一次开博客时，我才意识到，其他人也能与我的感觉和情绪相联结，或许我们都经历过相同的情感和体验。

这本书引起了很大的反响，对此我感到十分惊讶。当我对晟允表达我的惊讶时，他只是说："人们在生活中最需要的是灵感，而你通过写作带给他们灵感。"

反过来，晟允曾带给我许多灵感。见证他在美国的发展，真的令人惊叹。回想最初来美国时，他只认识我的家人和几个亲密的朋友。而今，他的事业从客厅里寥寥几名学生，发展为一个成熟的瑜伽学校，这真是令人惊讶。学生们都喜欢他，也知道他是一位与众不同的老师。他让每个人深受感动和启发。

瑜伽学校的名字由他偶然遇见的一个人得来。他们似乎是同一类人，他肯定这个人是他前世的哥哥。

几年前的一天，晟允在西雅图公共图书馆看书。这时，他用眼睛的余光看见一个西藏僧人穿过房间，并开始看书。当这个和尚走近晟允，他马上知道晟允曾经也是个和尚。他们好像已经认识了挺长时间。于是，他俩很快便成了朋友。这位僧人名叫索南仁波切。

当时，仁波切穿着深红色和橙红色相间的飘逸长袍。我丈夫带他到翠湖边散步。这种场景一定赏心悦目：两个亚洲男人，一个穿着长袍顶着光头，另一个穿着瑜伽裤和T恤衫（也是光头，和尚生涯永远是晟允的一部分）。散完步后，我丈夫把仁波切带到星巴克喝热可可。

人们通常不容易得到仁波切的关注，但是我们有幸听他在家里吟唱，与他在森林里徒步旅行，一起吃午餐，听他在客厅谈论幸福和对一大群人的怜悯。

一天，当仁波切与晟允散完步后，他忽然说："你是得到瑜伽福佑的人。"

我的丈夫非常认真地思考这句话。

当时，他非常渴望在西雅图创办一个大型的瑜伽学校，并且希望它能造福数百人。可问题是，我们仍然没有太多的钱。当我对此表示怀疑时，他说："会有人投资的。"我想象着，一名牙齿洁白的男人，穿着一套光鲜的西装，开着一辆跑车，突然出现在我们的生活中。毕竟，他的想法需要金钱支持。

然而，这种事情并不会发生。数周后，一位谦虚的朋友联系到晟允，他想向晟允请教，他在生活中应该做些什么。经过长时间的交谈，他决定投资这个项目。学校的位置定在离家只有几个街区的地方（它现在正蓬勃发展，并使很多人受益）。那么名字呢？晟允给它取名为："允的瑜伽福佑学校"。

学校开业前一天，我收到这本书的代理出版合同。虽然我俩的使命不同，但我俩的生活和梦想似乎是并肩前行的，它们相互支持。我们朝着同一个目标追求各自的梦想。这个目标就是：通过自己的工作，让他人受益。

当初，我去韩国旅行是为了找到我的人生目标和内心的宁静。现在，我已找到这两样东西，甚至得到了更多。我找到了我的人生伴侣。在这段人生的旅途中，他曾经陪伴在我身边，现在仍然陪伴在我身边。他就像一面镜子，照出过去的我和现在的我。

我们的结合是一件不可思议的事情，现在我开始相信，一切都是命中注定。我们的心不听从理性，也不走简单路径，但那些勇敢追随它的人，将会得到比期待更多的东西。

致 谢

出版一本书从来不是一个人能完成的事情，还有很多幕后的故事，至今令我感到困惑。关于我们的故事，我的丈夫曾经说过："当时机成熟，我们自然会见到该见的人。"他说得没错。当这本书开始成形的时候，他的话再次得到验证。我知道，这本书出版的时机成熟了（真的感觉像分娩一样，虽然我从未有过真实的分娩经历），因为支持者开始出现在我的生命中，而我个人并没有付出太大的努力。

当这本书完结时，我曾感到恐惧。然而，我在邮箱里收到了很多支持者的回复。以这条博客评论为例：

"谢谢你把这么好的书呈现给大家。要知道，你从来不孤单。因为你的爱与智慧，你拥有一群充满活力而且越来越多的崇拜者、支持者和学生。"

对于那位读者、数百位其他读者，以及博客"僧侣丈夫教我的事"的支持者，我表示最诚挚的感谢。如果没有你们的支持和信任，就没有今天这本书，我甚至会怀疑自己、否定自己。

说到这一点，我还要感谢那些为我穿针引线的人，是他们把我推荐给优秀的出版经纪人。感谢我的大学朋友塔拉·奥斯汀，把我的博客介绍给作家劳拉·曼森。感谢劳拉·曼森，帮助我联系她的出版经纪人（现在是我的出版经纪人）特里西娅·戴维。

如果没有Girl Friday制作公司的专栏编辑英格丽德·艾莫瑞克的帮助，我也不可能成功。（在一次私人瑜伽课中，我的丈夫从国际公认组织Moms Rising的共同创办人克莉丝汀·罗·芬克拜纳那里打听到英格丽德的信息。英格丽德曾协助克莉丝汀完成她的写作，克莉丝汀强烈推荐她。）在我刚开始写这本书的时候，英格丽德是我的参谋、我的导师、我的朋友和我的啦啦队长。她给我的无私帮助是不可估量的财富。

我从劳拉那里听说过特里西娅的很多事迹，我迫不及待地发了一封邮件给她。我知道，获得代理商的代理需要好几个月，甚至好几年，所以我没想过会在短时间内收到回复。然而，不到一周，特里西娅联系到我，她说想看看我的出版方案。看到出版方案后，英格丽德立刻拜托别人照顾她的孩子，她自己则跑到办公室，把方案的收尾工作完成。之前我已经写好了，但是格式不正确。在她的帮助下，我们才能够在那天把方案发出去。

对于互联网上的人们，我所能说的就是："谢谢你们，谢谢你们，谢谢你们。"从起初"如何让它出版呢"，到最后"噢，我的上帝！它要出版了”，这是一个令人惊讶的过程。

我也要感谢可爱的出版经纪人特里西娅·戴维。她同我一起冒险，但她相信我是“写书的料”。她提交了很多份方案，当我们收到几封拒绝信的时候，我很灰心。（它们都是正面的拒绝信，提出了一些很好的、具有建设性的反馈，可我还是觉得沮丧。）特里西娅提醒我，这个过程需要时间，我只需继续努力和坚定自己的信心。我很感谢她的鼓励。我修改了一些方案。在第二轮提交的时候，我们得到了一些出版商的认可。

最后，我终于为这本书找到一个可爱的家——希尔出版社。那里为这本书配备了两个编辑，而不是一个！对此我感到很幸运。感谢出版商克丽丝塔·里昂看到这本书的潜力，谢谢她在我写作的过程中鼓励我。感谢执行编辑布鲁克·华纳，谢谢她仔细地进行编辑指导。感谢希尔出版社的整个团队，谢谢你们的辛勤工作以及你们为这本书做出的努力。

还要感谢我的 Writers Rising 写作小组（www.writersrising.blogspot.com）。其中，特别要感谢我的同事黛博拉·克拉克·布拉姆和林恩·沃克，谢谢他们用全部的热忱带领 Writers Rising 写作小组跳进潮流，谢谢他们在整段旅程中一直握着我的手，最重要的是，谢谢他们的信任！感谢你们俩和黛比·巴克斯预读我的书并提出反馈建议。

感谢我最好的朋友莉娜·海琳迦·哈斯，谢谢她从小学四年级起就一直站在我身边，而且从未怀疑过我会获得成功。感谢我的家人，谢谢他们一直信任我，带给我很大的支持。

深深地感谢我的冥想老师葛印卡，他的话语和教诲使我在这条路上不断前行，并且时时鼓励我要坚强。

最后，但也是最重要的，感谢我的丈夫：我不知道你是如何做到的。我不知道这么多年来，你如何做到一直陪在我身边（特别是陪伴我写完这本书，这是一个如此艰难的过程）。你为我做饭、教我练习瑜伽、陪我冥想、听我一遍又一遍地朗读我的书。每当我怀疑自己时，你总能让我看清楚现在的我和将来的我。你是我的光。我爱你，我非常、非常感谢你，在这段生命旅程中一直陪在我身边。

Love doesn't have any east or west,

Love doesn't have male or female,

Love is beyond our imagination or fixed mind

of what we think it is,

Love is the source of all beings,

Love is our origin...I don't know...you know?

Love, love...what is love?

— my husband, Seong Yoon Lee

桂图登字:20-2014-208

图书在版编目(CIP)数据

越爱越自由 / (美) 詹金斯著; 冯常娜译. —桂林: 漓江出版社, 2015.3

ISBN 978-7-5407-7493-6

Ⅰ. ①越… Ⅱ. ①詹… ②冯… Ⅲ. ①长篇小说-美国-现代 Ⅳ. ①I712.45

中国版本图书馆CIP数据核字(2015)第055846号

Lessons from the Monk I Married by Katherine Jenkins

越爱越自由

作　　者: [美] 凯瑟琳 • 詹金斯　　译　　者: 冯常娜

编辑统筹: 符红霞　　责任编辑: 董　卉　王成成

版权联络: 董　卉　　装帧设计: 黄　菲

责任监印: 唐慧群

出 版 人: 郑纳新

出版发行: 漓江出版社

社　　址: 广西桂林市南环路22号

邮　　编: 541002

发行电话: 0773-2583322　010-85891026

传　　真: 0773-2582000　010-85892186　　邮购热线: 0773-2583322

电子信箱: ljcbs@163.com　　http://www.Lijiangbook.com

印　　制: 北京盛源印刷有限公司

开　　本: 965×1270　1/32　　印　　张: 6.25　　字　　数: 120千字

版　　次: 2015年4月第1版　　印　　次: 2015年4月第1次印刷

书　　号: ISBN 978-7-5407-7493-6

定　　价: 32.00元